# 現代秀句

新・増補版

正木ゆう子
MASAKI Yuko

春秋社

# 目次

はじめに

〔1〕

枯山を水の抜けゆく琴柱《ことじ》かな　吉田汀史　一八一
夜泳ぐ砂に女を残し置き　一八二
豪雨止み山の裏まで星月夜　岡田日郎　一八三
鶴啼くやわが身のこゑと思ふまで　鍵和田秞子　一八四
渡り鳥みるみるわれの小さくなり　上田五千石　一八五
これ以上澄みなば水の傷つかむ　一八六
倒れしは一生涯のガラス板　桑原三郎　一八七
ほととぎす父を思えば笠智衆　千葉孝子　一八八
白鳥のこゑ天《あめ》地《つち》の鹹《しおはゆ》し　柚木紀子　一八九
ひかり野へ君なら蝶に乗れるだろう　折笠美秋　一九〇
夕刊のあとにゆふぐれ立葵　友岡子郷　一九一
夕顔ほどにうつくしき猫を飼ふ　山本洋子　一九二

〔5〕

天皇の白髪にこそ夏の月　宇多喜代子　一九五
遠くまで行く秋風とすこし行く　矢島渚男　一九六
ピーマン切って中を明るくしてあげた　池田澄子　一九七
初恋のあとの永き春満月　一九八

前へススメ前へススミテ還ラザル　　一九九九
プールサイドの鋭利な彼へ近づき行く　中嶋秀子　二〇〇〇
ひるすぎの小屋を壊せばみなすすき　安井浩司　二〇〇一
こみあげてくる名の一人静かな　上澤樹実人　二〇〇二
とらつぐみ恋文ひとつひとつ燃す　大石悦子　二〇〇三
まつくらな那須野ヶ原の鉦叩　黒田杏子　二〇〇四
いづれにも命傾く九月かな　戸川克巳　二〇〇五
新宿ははるかなる墓碑鳥渡る　福永耕二　二〇〇六
寒ければ電球の中覗き込む　白木忠　二〇〇七
某日や風が廻せる扇風機　正木浩一　二〇〇八
永遠の静止のごとく滝懸る　　二〇〇九
鬼百合がしんしんとゆく明日《あす》の空　坪内稔典　二〇一〇
虚子の忌の大浴場に泳ぐなり　辻桃子　二〇一一
底紅や黙つてあがる母の家　千葉皓史　二〇一二
極月の空青々と追ふものなし　金田咲子　二〇一三
南浦和のダリヤを仮りのあはれとす　攝津幸彦　二〇一四
露地裏を夜汽車と思ふ金魚かな　　二〇一五
葦原にざぶざぶざぶと夏来たりけり　保坂敏子　二〇一六

## 増補

新・増補

# はじめに

※本前書は初版の内容を再掲した。

『日本秀句』全十巻の初版は、昭和三十八年から四十八年にかけて刊行された。そのうち、最も古い時代を扱った巻は、皆吉爽雨の執筆による「近世秀句」と、山口誓子の執筆による「芭蕉秀句」であり、最も新しい時代を扱った巻は、大野林火の「戦後秀句Ｉ」と平畑静塔の「戦後秀句Ⅱ」であった。

「戦後秀句Ｉ」と「戦後秀句Ⅱ」はともに昭和三十八年の刊行で、いずれも戦後から執筆の時点までの秀句を取り上げており、中で「戦後秀句Ｉ」は戦前から活躍していた作家たちを、「戦後秀句Ⅱ」はいわゆる戦後派と呼ばれる比較的若い作家たちを取り上げている。つまり初版の『日本秀句』十巻は、近世から始まって、昭和三十七年頃の俳句までを網羅したものである。世紀もあらたまり、昭和三十八年から現在までさらに四十年近い月日が経った。このたび『日本秀句』十巻が復刊されるにあたって、本書は初版の時代以降の秀句を探訪して別巻とするものである。

昭和三十年代後半といえば、日本が高度成長期に入った時期にあたる。以来、平成に入ってバブル経済が弾けるまで、そして弾けた今でもなお、世界は経済重視とそれに伴う自然破壊の時代であった。

俳句の世界もそれに伴って、俳句ブームを迎え、今も隆盛をきわめている。俳句の根底にはアニミズム的な自然志向があると私は思っているが、少なくともこの時期、俳句の世界は、アニミズム的思想とは相反する社会の流れに身をまかせてきた。俳句はこの四十年の社会の流れと身をひとつにしてきたのである。

そのことのもたらした最も大きな影響は、俳句の大衆化、多様化ということであろう。際立った作家が屹立するのではなく、大勢の俳句愛好家が俳句を楽しんでいるのが、現代の俳句の風景である。

そのようなブームは質を伴わないという声を聞くようになって久しい。しかしそれでもなお俳句形式の底力は絶えず佳句を生み出し続けてきたし、今も生みつつあると私は信じる。俳句を始めて三十年近く、感銘を受ける句に出会わない年はなかった。そんな句のひとつひとつを記すのが本書の目的である。

私は俳句の評論家でも文学の専門家でもない一実作者である。私の取り上げる句はおそらく偏向しており、目配りも広くはない。鑑賞も恣意に流れることと思う。一実作者の書いたものと寛恕されれば幸いである。

俳句はほとんど昭和三十年代後半以降から現代までのものであるが、中には句集の刊行がその時期に当たっていれば、制作年が古くても収録したものもある。いずれにしてもそれほど厳密に時代を限ってはいない。

俳句はおおよそ作者の生年の順に並べた。一句だけの作者もいれば、多くの句を引いた作者もある。無名も有名も老若も考慮しなかった。多様化の時代を掬いとるには、そうした方がいいと思ったからである。

正木ゆう子

# 現代秀句

一、句の順序は作者の生年順とし、同年の場合は五十音順とした。
一、全体を、作者の生年によって五章に分けた（各章の扉裏で表記）。
一、句の表記は句集によったが、ルビについては現代仮名遣いを用いた。
一、ルビは、句集によるものと、読者の利便を考慮して編集者が付け加えたものがある。

# 1

〔明治一九年〜大正七年〕

# 夜をこめて蟲の清めし暁ぞ

後藤是山《ごとうぜざん》（明治一九年〜昭和六一年）

夜の明けるまで、夜を徹して家の四囲で盛んに鳴いていた虫の声も、作者が雨戸を繰るころにはおさまって、庭には新しく清らかな一日が始まっている。この暁は虫たちが夜の間に清めたものだ、と作者は今は声をひそめている虫たちに心を遣っている。

内容が清新なだけでなく、この句自体が清新の風を体現していると思えるのは、「夜をこめて」と、「ぞ」の強い断定のせいである。たとえば「夜もすがら」と言い換えてみれば、意味的には大きく違わなくても一句に緊張の失われるのがわかるだろう。作者は小さな命の一生懸命さをこの上なく尊いものに思っており、そのことが一句の響き自体に表われている。

本書を作者の生年の順に編集することにしたら、この句がいちばん最初に来ることになった。後藤是山は熊本の人。私は幼いころ父に連れられて、竹林に囲まれた是山宅をよく訪ねたものだ。九州日日新聞の新聞記者を長く勤め、俳句は高浜虚子と青木月斗に師事した。主宰誌「かはがらし」（戦後「東火」と改題）は、熊本時代の夏目漱石が句友と組織した「紫溟吟社」の系譜を継ぐ。

この句の収められた『東火抄』（昭和五八年）は唯一の句集で、作者が九十八歳のときのもの。装丁を頼まれた中川一政は、今ごろ是山さんが処女句集を出すのかと笑ったそうである。

## 湯豆腐やいのちのはてのうすあかり　久保田万太郎《くぼたまんたろう》（明治二二年〜昭和三八年）

句集『流寓抄以後』（昭和三八年）には、この句の直前に「一子の死をめぐりて」という前書きのある十句が見える。〈戒名のおぼえやすきも寒さかな〉〈死んでゆくものうらやまし冬ごもり〉などのしみじみと寂しい句で、晩年をともにすごそうと同棲した三隅一子が急逝したときのものである。湯豆腐の句はその後に置かれ、一連の追悼の句から続けて読むと、まるで泣き疲れた人が放心しているような趣がある。半年後には万太郎自身も没していることを思えば、悲しみから回復したのではなく、悲しみのうちにそのまま居坐った否応のない安らかさが「うすあかり」の意味するものであろう。そんなときも、寄る辺のない思いに、「湯豆腐」という温かく滋養のある食べ物を配し、「うすあかり」という、まがりなりにも明るさを表わす言葉を用いるのが都会人万太郎の面目であって、個人的な嘆きの痕跡は少しも句の上に表わされてはいない。

小説家で劇作家でもあった万太郎は、俳句は余技だとしきりに書いているが、「いのちのはてのうすあかり」という、これほど漠然とした言い方は、確かに余技という自覚の賜物ではなかったかと思う。俳句を目的化したとたんに逃げてしまうような言葉の丸みと潤いが万太郎の句にはあり、掲句が愛されるのもそのゆえであるように思われる。

## 野菊道数個の我の別れ行く

永田耕衣《ながたこうい》（明治三三年〜平成九年）

『闌位』（昭和四五年）所収。幽体離脱でもしないかぎり、人は自分の内側からしか世界を見ることができない。そのたったひとつの肉体によって生きている自分とは何か、自分の知っている自分は本当に自分のすべてなのか。そんな不安を感じ始めた子供のころ、私はよくこの句のような妄想にふけった。

私はこの角で道を曲がるけれども、もう一人の自分は透明になってまっすぐに行ってしまうのではないか。もう一度曲がれば、また分裂してやがては無数の透明な自分が街中を歩くのではないか。あらゆる人にそんなことが起これば、世界は透明人間でいっぱいになるのではないか。その妄想は肉体がひとつでよかったというところに行き着いて安心して終わるのだった。この句はそんなことを思い出させる。そして耕衣とは、大人になってもそんな感覚の中に生きた人ではなかっただろうか。自分とは不確かなものである、という感覚。

これと対照的に思い出すのが次の句である。

あんぱんを落として見るや夏の土

ここには、人という観念の生き物の不確かさに対して、一個のあんぱんの存在感の思わぬ確かさに圧倒される耕衣がいる。

## 少年や六十年後の春の如し　　永田耕衣

少年がいる。そこを通りかかる作者がいる。春である。六十年前は作者も少年であった。六十年後、自分はすでにこの世から去り、少年は今の自分くらいの年齢になっていることだろう。この少年は、その六十年後の春のようだ。

つまり少年が真に春というものを具現するのは、老人になったときであり、作者は今その境地にいるのである。意味だけを汲めばそういう鑑賞になるだろう。

この句の面白さは、一句が、今と、六十年後とのふたつの時空を同時に含んでいるように感じられるところにある。これは「少年や」の切字「や」の働きのせいである。「少年は」ならば単なる散文であって、このような文脈のねじれは起こらない。論理を切断する「や」のために、「少年」が今と六十年後の両方に掛かり、一句がふたつの時空を取り込むのだ。

そもそも時間が一直線に流れるという近代的な時間の認識がそれほど確かなものだろうか。メビウスの輪がねじれながら最初の地点に戻るように、時もまた干支をひとめぐりして回帰することがあっても少しもおかしくはない。大地に命の甦る春が繰り返しめぐってくるように、われわれも循環する時の中で、命の生起を繰り返す。耕衣にはそのような時間の認識があったのにちがいない。『闌位』所収。

## 白梅や天没地没虚空没　　永田耕衣

『白人』（平成七年）所収。耕衣の俳句は、素朴な読者である私から見ると、戦後の根源俳句時代に最も充実し、その後は作品としての完成度よりは哲学的な内容本意になっていたように思われる。しかし、平成七年の阪神大震災で倒壊した家から奇跡的に助け出され、老人ホームに入居してからの耕衣は、九十五歳にして体験した天変地異の恐怖と、新たな孤独の境涯を、真っ正面から誰にでもわかる言葉で俳句にした。

あの大惨事を十七音で言い表わすのは至難の技にちがいないが、天も地もそして虚空までが没するというこの七文字の発散するエネルギーは、俳句という形式の底力を感じさせる。そしてこの句が破壊の惨状を伝えるだけでなく、冠された「白梅や」の清らさによって、結局は昇華されていることにも、季語の働きの大きさを思う。

　枯草や住居無くんば命熱し
　枯草の大孤独居士此処に居る

にしても、阪神大震災という出来事や境涯を超えて、俳句として普遍性を持つに至っている。晩年の耕衣はよく造語を用いたが、大孤独とは耕衣らしい言葉である。耕衣の没したのは平成九年の夏であったから、大震災後、作者は大孤独の中で二年半生きたことになる。

## 柩出るとき風景に橋かかる

橋《はし》 閒石《かんせき》（明治三六年〜平成四年）

『風景』（昭和三八年）所収。生者から見て死者の世界が幻のように思えるのなら、死者から見た生者の世界もまた幻のようであることだろう。では掲句の世界はどちらなのか、というと、ちょうど境目辺りはこんな風景なのではないかと思える句である。

だからこの橋も、柩出しのときに、死者のために虹のように架かる彼の世への橋とも解釈できるし、また柩を運ぶ一族が渡る現実の橋と受け取ることもできる。生者から見れば、彼の世へ渡る橋が幻なのであり、死者から見れば現実の橋がすでに幻なのである。

どちらとも取れる惑わしは閒石の句の特徴で、読み手はどちらの世界に遊んでもいいが、私はといえば、あえてこの橋を現実に川に架かる橋と解釈したい。

もちろん現実の橋は架かっていたり、架かっていなかったりするものではない。しかし俳句の中ではどんなことだって起こりうる。人の渡らないときには橋は存在しないのだといっても一向に構わないのである。橋は人がそこへさしかかろうとするときにだけ、風景に架かるのだ。「柩出るとき」と「風景に橋かかる」のふたつのフレーズの棒のような抑揚のなさと、風景というおよそ近所の眺めには使わない言葉も、人の死のもたらす非現実感を強調している。柩もまた死者が完璧な死者になるための橋渡しのようなものであろうか。

# うぶすなの言葉で通す冬の菊　　橋　閒石

『卯』（昭和五三年）所収。私が閒石の名前を知ったのは、閒石が第七句集『和栲《にぎたえ》』（昭和五八年）によって、翌年に蛇笏賞を受けたときであった。大方の人もそうだったようで、これは蛇笏賞の受賞者としては希なことである。それほどに閒石は俳壇と無縁の人であった。いわゆる結社系の俳人ではなく、立机までした旧派の出であり、連句にもすぐれたものが多い。

英文学者でもあり、大学で英国の詩を教えた。近代以前の俳諧の伝統を受け継ぎ、そこに英国の詩のエッセンスの溶け込んだ閒石の俳句は、洗練された俳諧味を備えているという意味で、現代俳句の中で独特の位置を占める。

『卯』にはほかにも、

豪雪や母の臥所のかぐわしく

という金沢生まれの作者らしい佳句があるし、随筆にも、幼い閒石の眼に入った埃を、母が眼に乳首を当て乳を絞って洗い流してくれたという佳品があったが、作者にとってのうぶすなとは母であり、金沢の雪である。「うぶすな」という語はこんにちあまり日常的に使わないが、もちろん「ふるさと」とはニュアンスが違う。もっと肉体的であり、土着的であり、湿度を感じさせる。冬の菊とは黄色い寒菊のこと。ここでは母を思わせるように置かれている。

# 階段が無くて海鼠の日暮かな　橋　閒石

『和栲』（昭和五八年）所収。堤防や突堤にはよく、潮が満ちると下の方が海に没する階段がある。ところがここにはそれがないのだろう。浅い海底に海鼠《なまこ》のいるのが見え、水中はことに夕暮の色が濃い。そんなふうに実景として解釈しても味わい深い句である。

ところが、海鼠を海中の海鼠ではなく食物として、階段を屋内の階段として解釈すると、一句の世界は全く違ったものになる。

階段が無い、とわざわざ言うからには、階段のあるべき二階家なのだろう。跳ね上げ式かなにかで、あるべき階段が無いのだ。階上と階下は階段があれば難なく行き来できるが、無ければ別世界である。その不思議さ。海鼠は階下の三和土《たたき》に桶にでも入っているのか。それとも調理されたひと皿として作者の前に置いてあるのか。

この場合、階段の無いことと、海鼠の日暮との間には脈絡がない。この句はナクテナマコノと一見すんなり繋いで読めるように見えるが、じつは「無くて」と「海鼠の」の間に深い断絶があるのである。間隙は狭く深い。

閒石は「詩の本領は重層の曖昧さにある」と言ったが、この句などその典型といっていいだろう。百人いれば百人の違った解釈の可能な、重層的な句である。

# 山を巻く一筋縄の涼しさよ　　橋　閒石

連句の発句を脇句以下から切り離して俳句と呼んだのは正岡子規である。そこで俳句は個人的な表現として近代化したわけだが、そのことはまた俳句に微妙な変質をもたらした。発句はあくまで脇句以下を想定して連衆へ向かって開かれているが、俳句はそうではない。より多くの読者へ向けて開かれているとも言えるが、他の追随を許さない個性的な表現を求めるという意味では、遊びから遠ざかり窮屈なものにもなった。子規以降の近現代俳句に関わりなく旧派として連句の修練を積んだ閒石は、そのことをまぬがれている。自らも遊び、読む人をゆったりと遊ばせ、発想を刺激する余裕が、閒石の句にはある。

掲句もそんな一句。「一筋縄」とは普通は「一筋縄ではいかない」と使う。それを一筋の涼風として、本来の意味をずらしているわけだが、そのことで涼しさが強調されるとともに、読者は言葉の使い方の面白さを楽しむことになる。

『和栲』にはそういった句が多く、〈草の根を分けても春を惜しむかな〉〈読書百遍にしておのずから晩夏の山〉〈三枚におろされている薄暑かな〉などにも同様の遊びを見ることができる。三句目は後に出た江國滋の〈三枚におろされている暑さかな〉と似ているが、江國氏の方は作者自身の手術のことを言ったもので、類句にはあたらない。

# 銀河系のとある酒場のヒヤシンス　　橋　閒石

この酒場はどこにあるのか。二種類の解釈が可能だろう。地球以外の銀河系のどこか。もうひとつは地球のどこか。

映画「銀河鉄道９９９」では、宇宙ステーションにあるうらぶれた酒場が出てきたが、そんな場所を思い浮かべてもよい。あの一種作りものめいたヒヤシンスなら、土のない宇宙でも咲かせることができそうだ。作者には透明な瓶で水栽培されるヒヤシンスのイメージがあったのかもしれない。ヒヤシンスの名前の由来が、アポロンに愛された若者ヒュアキントスであるなら、宇宙的なスケールもうなずける。

そんなふうに読まれることを十分に予想しながら、しかし作者の意図は、「銀河系のとある酒場」を地球上のごく普通の酒場とする解釈の方を望んでいるようにも思われる。たった今私たちがいるところの〈此処〉も、そういわれれば確かに銀河系のとある場所にちがいない。そう思ったとたんに、視野が一挙に大きく広がって、まるでひしめくような星々に囲まれてバーの止まり木にいるような愉快な気がしてくる。

掲句を収める句集『微光』は平成四年の刊行で、閒石はこの年に八十九歳で没した。写真で見る閒石はいかにもこんなバーが似合いそうな白皙の紳士である。

# 寒卵どの曲線もかへりくる

加藤楸邨《かとうしゅうそん》（明治三八年〜平成五年）

「かへりくる」とは、卵の表面上の一点から発した線が、卵を一周して元のところへ帰るという意味だろう。さらに、曲線というものは、向こうへ行ったきりの直線とは違って、たとえ遠回りに大きく弧を描こうとも、いつかこちらへ帰ってくるものだという広い意味にも取れる。強く意志的な直線に対する、しなやかな曲線の持つ、循環と回帰のなつかしさが一句の主題である。卵は生誕の象徴であり、曲線は卵の曲線であると同時に、女性性を表わしてもいる。

掲句は昭和四十二年刊の『まぼろしの鹿』に収められた、作者六十歳近くの作。

初期に〈鰯雲ひとに告ぐべきことならず〉〈蟇誰かものいへ聲かぎり〉と意志的な代表句を生んだ楸邨が、四十代に入って病を得、〈木の葉ふりやまずいそぐないそぐなよ〉と自分に言い聞かせる日々を重ねたあげく、老境を前にしてふっと明るく自在なところへ抜けた、そんな感じのする句である。楸邨は六十歳を前に自らの中にもようやく曲線のしなやかさを自覚したのかもしれない。

この少し前から楸邨は弟子の安東次男の導きによって古美術、ことに古硯への関心を深めているから、寒卵を掌にして曲線に見入っている作者は、もしかしたら名硯を見るような目をしていたのではないだろうか。

## おぼろ夜のかたまりとしてものおもふ　加藤楸邨

おぼろ夜とは朧月夜のこと。水気を含んだ空気に、月も重たく滲んで見える春の夜である。かたまりは作者であるが、こういうときの物思いとは、もちろん理路整然としたものではないだろう。おぼろという語が表わすように、輪郭のはっきりしない茫洋とした、心の奥の混沌を覗き込むような物思いである。

そういえばこの句における楸邨自身、まるで『荘子』に出てくる〈混沌〉のように、目鼻がないようにも思われる。だからこそ「かたまり」なのだろう。楸邨は未分化な混沌そのものとなって、夜の闇よりも濃く、おぼろな夜の中に座している。

『荘子』において、目鼻を持たない〈混沌〉に、よかれと穴を穿ち、ついには殺してしまう〈儵《しゅく》〉と〈忽《こつ》〉は、ともに素早いものの意だというが、楸邨は〈混沌〉のようにどこまでもゆっくりと、深く、鈍く、重い者であろうとした。

掲句を収めた句集『吹越』（昭和五一年）には、この句のすぐ後に〈はなびらや蟇の目玉の考へる〉があり、ぼんやりと物思いにふける目鼻のない楸邨と、目玉のあって賢そうな考える蟇とを並べてみるのも一興である。一方、次の句は妻の詠んだ楸邨像。

家中に夫の沈黙梅雨に入る　加藤知世子

## たった一つの朝顔にメンデリズム存す　加藤楸邨

『怒濤』（昭和六一年）所収。破調の句が破調にもかかわらずリズミカルに読めるのは音数に秘密があるからで、この句の場合も、三・四・五・六と音数が増えていき、そして再び三で終わるという規則性がひそむが、読み手はただ「たった一つの朝顔に」「メンデリズム存す」と、十二音と九音のふたつのフレーズに切って読めばいいのである。

一輪の朝顔にメンデルの遺伝の法則を見てとった内容の面白さはもちろんだが、口語と文語の混在、リズムのとらわれのなさが余計に一句を生き生きとさせている。俳句の世界では、こういった自在さはなぜか老境のものである。定型を使いこなしたあげくの自在さということか。未熟な破調はたいてい読むにたえない。掲句も楸邨が七十四歳のときのもの。破調といえば、極めつきは次の句であろう。

地球一万余回転冬日にこにこ　高浜虚子

弟子の五十嵐播水の結婚三十周年に贈った祝句で、これもやはり虚子が八十一歳のときのものである。三十年は計算すると一万日余り、地球も一万余回転、という楽しい句。

ついでにいうと、この句も楸邨の句と同じく、三・四・五と音数が増えていき、再び三・四と増えて終わっている。定型感とは不思議なものである。

# 百代の過客しんがりに猫の子も

加藤楸邨

墨書句集『雪起し』（昭和六二年）所収。『おくのほそ道』冒頭の「月日は百代の過客にして、行きかふ年もまた旅人なり」の名文を一匹の仔猫に冠した面白さにまず引き込まれるが、やはり一句を成立させているのは、高邁な哲学と可憐な仔猫を全く同列に見る楸邨の公平さである。芭蕉の哲学と可憐な仔猫を繋ぐものは、「しんがり」という言葉である。そこで観念的な言葉がはっきり目に見える生き物の列として示される。そして、尻尾をせいいっぱいぴんと立て、おぼつかない足どりで列の最後尾についてゆく仔猫の愛らしさが、哲学を愛に変える。

楸邨には、猫の句だけを集めた句集があるほどに猫の句が多く、〈捨て子猫少女去りもうあてもなし〉〈死ににゆく猫に真青の薄原〉〈満月やたたかふ猫はのびあがり〉〈恋猫の鼻つけねむる板の上〉〈猫はいま目となりきつて十三夜〉など、身近に見ていなければ詠めない句ばかりだ。ことに、

秋草にお頼み申す猫ふたつ

には次のような長い前書きがある。「黒部四十八ケ瀬、流れの中の芥に、子猫二匹、あはれにて黒部市まで抱き歩き、情ありげな人の庭に置きて帰る」。猫ブームの現在でもここまでする人は少ないにちがいない。

# 目ひらけば母胎はみどり雪解谿

加藤楸邨

遺句集『望岳』（平成八年）所収。作者八十五歳のときの句。「母、我を孕りし時、山梨県猿橋を越えしといふ」と前書がある。

胎児は目を開けることがあるそうだから、うっすらと光を感じることくらいはあるだろう。みどり滴る季節には光もみどりを帯びているかもしれない。

楸邨は明治三十八年五月二十六日生まれ。両親はちょうどそのころ山梨県の大月から東京に引っ越しており、その後も鉄道に勤める父の転勤に従ってたびたび住居を変えているので、楸邨には故郷というものはない。年譜の多くは東京を出生地としているが、楸邨自身はおそらく大月だろうと書いている。楸邨にとっての故郷は、だから特定の土地ではなく、母の胎内であった。母の胎内へ光とともに浸み透ってくる緑は、猛々しい緑ではなく、雪の残る谷のまだ初々しい緑である。そしてこの句においては母もまた、香しい早春の谷によって包まれており、胎児は母に、さらに谷によって幾重にも守られているのである。

鉄道官舎に育った楸邨は、貨車のごとんごとんという音が自分のふるさとであると書き、〈ながきながき春暁の貨車なつかしき〉と詠んでいるが、最晩年になってたどり着いた故郷のイメージはかくも天上的なものであった。

# 鍋物に火のまはり来し時雨かな

鈴木真砂女《すずきまさじょ》（明治三九年〜平成十五年）

『居待月』（昭和六一年）所収。銀座通りを四丁目の方から歩いていくと、一丁目の左手の裏通りからさらに路地へ入ったところに作者の経営する小料理屋「卯波」がある。真砂女は五十歳を過ぎてから、恋のために千葉の大きな旅館の女将の座を捨て、やがて銀座に店を開いた。掲句はそれから三十年近い歳月を経ての作。

従ってこの鍋物は家庭的な場面ではなく、店で客に出しているのである。それだからこそ生きる「時雨」の季語。戸を開けて入ってきた客の肩が濡れていたのか、帰ろうとした客が「雨だよ」とでもいったのか、奥の部屋では鍋に火がまわってきて宴が進んでいる。鍋物が恋しくなるころの都会的情感あふれる句である。

毎日自ら築地市場で魚を仕入れた作者は魚の句をよく詠んだが、たとえば〈鯛は美のおこぜは醜の寒さかな〉にしてもどこか華やかであるのは、久保田万太郎の「春燈」による作り手特有の雰囲気である。恋の句ももちろん多く、

羅《うすもの》や人悲しますす恋をして

死なうかと囁かれしは蛍の夜

などは俳壇を超えて知られている。

## 女身仏に春剝落のつづきをり

細見綾子《ほそみあやこ》（明治四〇年〜平成九年）

『伎藝天』（昭和四九年）所収。句集名でもわかるとおり、女身仏とは奈良秋篠寺の伎藝天のことで、掲句もはじめは上五が「伎藝天に」であった。句集にまとめるときに、特定の仏像を女身仏一般へと普遍化したと同時に、濁音の入らない響きのやわらかい句となった。

仄かな明るさの中、優美な姿で長い長いときを立ち続けている伎藝天。作者にはまずそのはるかな時の流れへの思いがあったであろう。そして今、その足下に来合わせ、仏にまみえているひとときの鮮しさ。人間から見れば気の遠くなる時間を在り続ける仏身と、たった今しか存在しえない生身の自分と、ここで交差するそれぞれの時間への感動がこの句のテーマである。『伎藝天』の後書にも作者は、今いちばん関心のあるのは〈時間〉だと書いているが、永遠と瞬間の交差点こそは、常に細見綾子の関心事であった。伎藝天の剝落はその象徴として詠まれている。

エッセイによると、このとき秋篠寺の周辺には大きな春の牡丹雪が降ったようだ。句の持つ限りない剝落という落下のイメージにはそのことが影響しているように思われる。ハルハクラクノというリズミカルなハ音の重なりは、牡丹雪の落ち継ぐ一片一片が促した言葉であったにちがいない。

# 冬麗の微塵となりて去らんとす

相馬遷子《そうませんし》（明治四一年〜昭和五一年）

『山河』（昭和五一年）所収。医師として病気を知悉する作者が、自らの余命を測りつつ詠んだ絶唱である。長野県佐久平に生まれ住んだ作者であるから、この冬麗からは、きりりと冷えて澄みきった空気と、晴れわたった山河が想像される。その美しい冬麗のただ中へ、自分はまもなく微塵となって去るのだという。

寝がへれば身は薄片ぞ春の闇
わが肌に觸れざりし春過ぎゆくも
冷え冷えとわがゐぬわが家思ふかな

これらのいずれの句もただならぬ状況を詠んでいるが、詠む主体である自分と、自然と、言葉との距離に抑制の利いたバランスがあって、感情が重く出過ぎず、自然詠になってしまうのでもなく、深刻な感情が季語と結びついて詩として昇華している。「春の闇」「春」「冷」などの言葉が、一句の内容を救済するものとして働いているのである。

これは俳句という形式の恩寵なのか、作者独自の境地というものなのか。いずれにしても、人は身体的苦痛の中で、さし迫った死をこれほど美しく表現できるものだろうか。作者は「馬酔木」で高原派と呼ばれた人。その透明感はこれらの絶唱にも満ち満ちている。

# 思ひいますさまじければすぐ返す　相馬遷子

『山河』所収。前頁の「冬麗」の一連に属する一句。「すさまじ」は「冷まじ」。晩秋の荒涼たる冷気をいうが、この場合は「思い」が「すさまじ」と言って、病人には堪えるであろう山国の冷気と、作者の想念の救いのなさとを掛ける。

ものみな枯れへ急ぎ、秋風が病身に沁みるころ、平安であろうとしても思いはつい暗く傾き、救いのないところまで彷徨い出そうになる。わが心よこれ以上その先へ踏み込むな、と作者は自分の心を律している。

　この句には、これといって実体がない。「思い」が一句の主体であって、あとはその説明であり、ものの全く出てこない句である。本書のリストアップを見てもわかるように、俳句ではこれはとても珍しいことだ。そうでありながら、この句の「思い」の確かさ、一句の持つはっきりとした印象と勁さはどうだろう。

「思い」はまるで物質のような確かさで詠まれている。これはいかに作者が「思い」と同化せず、自分の「思い」を客観的に認識したかという結果なのだろう。そしてこの句によって、作者の「思い」は確かにコントロールされたにちがいないと思う。俳句はときに作者自身を救うことがある。

## 思ひだし笑ひもするぞ蘆刈は

五島一葉《ごとういっか》（明治四三年〜平成八年）

渺茫たる枯蘆原に分け入り、自分よりはるかに背の高い蘆に埋もれるようにして日がな孤独な作業にいそしむ蘆刈なればこそ、「思ひだし笑ひ」がニヒリズム的な魅力として了解される。「笑ひも」の「も」と、「するぞ」の「ぞ」も、一句の低音の声調に寄与しているだろう。この蘆刈はもちろん男である。

作者は熊本の人。句集はない。私が記憶していただけの句である。子息に問い合わせたところ、ノートさえ残っていないという。すぐれた俳句を生涯にわたって作り続け、謙虚さのために何も遺さずに去っていく、こんな作り手はいったい世にどれほどの数いることだろうか。私たちの知ることのできない名句の数々は、この詩形の底力の証明だろう。そのような句の代表として、私はこの句を記しておきたかった。作者は一時「鷹」の同人であった時期があり、後には「萬緑」に属した。菓子職人であった。号はそこからきている。

一葉の句が活字になる機会もないと思われるので、記録のためさらに数句を挙げておきたい。〈うすうすと月夜は蟹が穂架摘む〉〈炎天をゆく何事か顔に出し〉〈土かけて焚火の終ひ一茶の忌〉〈白露を喬木の種子採りがゆく〉〈ほの明く火口は見えむ夜の雁〉〈妻よりも先に惚けて芒折ろ〉〈風ゆれて箒のためのはゝき草〉。

## 星影を時影として生きてをり
高屋《たかや》窓秋《そうしゅう》（明治四三年〜平成一一年）

窓秋は平成十一年の一月一日に八十八歳で没した。掲句は「現代俳句」のその月の号に載った絶筆。あえかな美しい句である。私たちの目に見えている星は、星の実体ではなく、何万年もの遠い昔にそこにあったはずの星から発した光である、だから星を見ることは星という物体を見るのではなく、時を見ることなのだ、という句意であろう。それにしても「時影」とはなんとはかなく強く透き通った造語であり概念だろうか。「物質や時間や空間を、視覚的な一瞬の姿にとどめるのは苦手で、ぼくの言葉は、視覚への定着から、常に離れよう離れようとする。できれば、それに徹したい、とさえ思っている。絵画などが、到底及ばないように」と窓秋は言っているが、これは現代俳句の主流をなしてきた写生からは最も遠い方法である。

昭和六年、水原秋櫻子は「『自然の真』と『文芸上の真』」を発表して「ホトトギス」を離脱したが、その秋櫻子の「馬酔木」によった窓秋の、

頭の中で白い夏野となつてゐる
ちるさくら海あをければ海へちる
山鳩よみればまはりに雪がふる

などの句から新興俳句運動は起こった。それらと比べても、掲句は非映像性をきわめている。

# ねころんで居ても絹莢出来て出来て

清水径子《しみずけいこ》（明治四四年〜平成一七年）

『夢殻』（平成六年）所収。短詩形においては、一見口語をそのまま書き留めたように見える方法が案外ストイックなやり方であることがある。型にはまった俳句らしさを嫌ったためにそうなる場合で、この句にもそんなところがある。絹莢は確かに旬の時期を迎えると、放っておいてもいくらでも生るので、掲句はそれをそのまま言ったものだが、生きて在る時間のなつかしさ、ものの生る有り難さの伝わり方はやはり韻文のもの。

作者は秋元不死男夫人阿喜の妹であり、はじめは義兄に師事して「氷海」に所属した。義兄の死後、盟友の中尾寿美子と共に永田耕衣の「琴座《りらざ》」により、日常のなつかしさの奥にふと虚無の覗くようなユニークな境地を開いた。同句集からもう一句。

倒れたる板間の葱に似て困る

この句をはじめ同句集には板の間の句がいくつかあるが、耕衣の〈葱泊めて我も板間となりきはや〉に送った挨拶だろうか。倒れた板間の葱に似て困るとはなんというなつかしさ。そういえば作者に詠まれた諸々は、なつかしくて困る、いとおしくて困るといったものばかりだ。〈うすうすと二人居て夕がほの種〉然り。〈一灯があれば梟よりゆたか〉然り。〈思ひ寝とみわけがたくて病螢〉〈檻の狸とまんじゆう頒つ老いたれば〉然り。

## 春ひとり槍投げて槍に歩み寄る

能村《のむら》登四郎《としろう》（明治四四年〜平成一三年）

運動場の隅で青年がひとり槍投げの練習をしている。長い槍を投げては、落ちた地点へと俯きがちにゆっくりと歩み寄ってゆく。何度も何度もそれを繰り返す。

ぴったりと五七五の定型にはめ込まず、「槍投げて」「槍に歩み寄る」と、動作を順に追うような言い方をしたために、この句は五八五あるいは五五八の字余りになっているが、それがかえって槍の長さや、手足の長さを持て余したような青年の感じを伝え、そのゆっくりとした言い回しのために、青年が憂愁に包まれていると感じられる。

このころ作者はあまり切字を使わなかった。それは師の水原秋櫻子の影響である。散文的な中に韻文性をひそませ、俳味より抒情を重んじるのは秋櫻子の「馬酔木」風である。

掲句を収めた第三句集『枯野の沖』（昭和四五年）のタイトルは、

火を焚くや枯野の沖を誰か過ぐ

から取られている。同じ年に興した主宰誌「沖」の名前もここから取った。第一句集『咀嚼音』で教師生活を詠み、第二句集『合掌部落』で社会性俳句を詠んだ作者は、その後の十三年の試行錯誤の中で、枯野の句のような、虚と実の皮膜に詩性を生む一筋の道を見出したのだった。登四郎は私の師であるが、私が魅かれたのも、登四郎のそんな新しさであった。

# 脇僧に似て坐りをり鳰の湖　能村登四郎

『冬の音楽』（昭和五六年）所収。鳰《にお》の湖は琵琶湖の古称でもあるが、この場合は単に鳰の浮いている湖のこと、むしろ余吾湖のような小さな湖のことのようだ。

脇僧は能に出てくる脇役の諸国一見の旅の僧で、里人の話を聞いてやり、里人が貴人の亡霊となって思いの丈を述べることを助ける産婆のような役目を果たす。そのほかはただじっと坐っているだけなので、作者は掲句の自解に、脇僧を「ご苦労な役」と書いているが、亡霊となって嘆く主人公より、クールな登四郎には確かに脇僧が似合っているかもしれない。

作者自身この句を気に入っていて、よく揮毫したし、自宅を「鳰亭」と自称したのもこの句のゆえであろう。「鳰の浮かぶ湖の芦叢の中に黙って久しい間坐していると私自身がいつか能の脇僧のような気持になって湖上に忽然と浮かんでくる幻を待っているようである」と自句自解している。能といえば同じ句集に、

能の出のごとくに立ちて芦刈男

という句もあり、登四郎の苗字には能の一字がある。

登四郎は歌舞伎的な華やかさと能のモノトーンの夢幻とを併せ持っていた。僧形への憧れも実際にあったようで、〈青滝や来世があらば僧として〉と詠んでいる。

## ほたる火の冷たさをこそ火と言はめ　能村登四郎

作者は東京谷中の生まれで、建築業の父は金沢の人、母は生粋の江戸っ子。万事派手好みの家で豊かに育ち、小さいころから人工的なものにしか美しさを感じない少年だったという。十代から歌舞伎に親しみ、その女形の世界に陶酔できる耽美的な神経を幼いときから持っていた。根っからの都会派である。そのような美意識から、登四郎の句は粋で繊細であり、ときに倒錯的であり、微量の毒を含んだクールな美しさを発散する。

掲句もそういった艶を感じさせる句。火の熱いのは当たり前だが、こう言われると熱いのは野暮のような気がしてくる。係り結びの「め」が鋭く一句を絞り上げて、まるで鞭のような印象を与える。

しかしこの句は美意識だけで説明できる句でもない。収録句集である『天上華』（昭和五九年）の題は、妻を亡くしたときの句〈朴ちりし後妻が咲く天上華〉から取られており、このころ作者は妻の死と、師水原秋櫻子の死、そして自らの病気で欝屈した生活を送っていた。この句も自句自解によると入院した病院での作のようで、このとき病室の窓から曼珠沙華が見えたと書いている。作者の意識の経路にはまず曼珠沙華の火のような赤があり、その花弁の冷たさがあったのではないだろうか。

## 身を裂いて咲く朝顔のありにけり　能村登四郎

『寒九』（昭和六二年）所収。朝顔の花弁は、水を張ったように薄く、はかない。強い風や雨によって裂けることもあるだろう。そのような咲き方の尊いことよ、という句だが、実際には花弁の裂けたような種類が本当に存在するようだ。それはともかくとして、作者はやはり花弁を裂いて咲くような生き方に共感していることにちがいはない。

想像されるのは健気な女性の姿である。自分の身の傷つくのも構わず、まっすぐに生きる朝顔のようにはかない女性。

ところが自句自解によると、作者はこの句を男性の生き方に重ねていて、さらに「『夕鶴』のつうが体の羽根を一本一本抜いて純白な毛衣を織り上げるように、自分を常に主題にして俳句を詠んでいる私は、ある意味で身を裂いて咲く朝顔なのかも知れない」とも書いている。作者の意識の中には、はなから生身の女性は存在しないかのようで、いかにも歌舞伎の好きな登四郎らしく、作者のこのようなやや倒錯的なところが私にはたいへん興味深い。登四郎は平成十三年五月二十四日に九十歳で没したが、「沖」に載った最後の文章は、この年三月に逝った女形中村歌右衛門を悼む内容であった。次は「歌右衛門逝く」と前書のある一句。

行く春を死でしめくくる人ひとり

# 瓜人先生羽化このかたの大霞　　能村登四郎

『寒九』所収。昭和六十年に八十六歳で没した相生垣瓜人《あいおいがきかじん》への追悼句である。瓜人は年齢的には作者よりおよそ一回り上の「馬酔木」の先輩で、浜松の地にあって瓜人仙境と称された境地に超然と遊んだ俳人。そんな瓜人だからこそ、羽化や霞の語をもって追悼句としたのである。作者は瓜人に深く傾倒していた。先生と呼ぶほどだったのだと、この句を見て知った。

瓜人先生は羽根が生えて仙人になった、それ以来の見わたすかぎりの霞であるよ、とはなんとめでたい追悼句だろう。霞に大をつける用例は歳時記の傍題にもないが、大の一字あっての味わいである。

この句にはもう一人、百合山羽公《ゆりやまうこう》の名前も意識されているように思う。羽公はやはり浜松の人で「馬酔木」同人。瓜人と親交が深く、ともに俳誌「海坂」を主宰した。瓜人に少し遅れて平成三年に八十七歳で没している。登四郎は「羽」の一字を入れることによって、親友を亡くした羽公を慰めることも意識したのではないだろうか。

隙間風その数条を熟知せり　　相生垣瓜人

桃冷す水しろがねにうごきけり　　百合山羽公

## 季《とき》すぎし西瓜を音もなく食へり　能村登四郎

『寒九』所収。旬を過ぎてしまった西瓜を味気なく食べている。盛りのときには齧りつくように食べたものだが、暑さも収まった今では、水気の多いものなどもう体が欲していない。「音もなく」がいかにも気の乗らないようすを表わして、わびしい限りの句。およそ詩になるような要素は何もない。しかしこう言われてみると、こんな一齣も人生の味わいのうちと思えてくるから妙なもので、俳句の面白さはこんなところにもある。

浜茶屋を毀つ始終を見てゐたり

この句も同様。こんな場面に遭遇しても普通は詩想など湧かないにちがいない。しかしそれを句に詠むことで生じるある味わい。「若い頃には素材というものをかなり重要に考えたが、七十を過ぎると俳句は表現に心を砕くことが大切なことがわかった」と作者は書いている。登四郎は新しい素材を開拓するのではなく、誰も詠まないような場面を、表現の力で意味ある場面に変換することをこのころ盛んに試みていたようだ。

散りしぶる牡丹にすこし手を貸しぬ

こういうことは誰にもあるかもしれない。しかし俳句にはならない場面として通り過ぎていたのではなかったか。この句はまた少し嗜虐的な感じもあって、いかにも登四郎的である。

# 霜掃きし箒しばらくして倒る　能村登四郎

登四郎が「うんと陳腐なつまらない材料で作ってみようと思ったの」と弟子たちに語った一句。素材は箒だけ、立てかけてあったそれが倒れたというだけの句である。

箒の句でありながら、しかしこの句には全く日常の匂いがしない。それはまず「霜掃きし」の上五のせいであろう。「霜」の語が一句全体にある厳しさと清潔感をもたらしている。落葉を掃いた箒ではだめなのだ。

箒を立てかけた人間はもうそこにはいない。箒はただそこに立てかけられてある。やがて倒れたらしい音がして、作者は箒の存在を再び思い出す。しばらくの間、箒には箒の時間が流れていたのである。

唐木順三は『中世の文学』の中で「芭蕉は高く心を悟りて俗に還り、平談俗語を正すといったが、この正すの意味は、日常性から解放して、本来の面目に立ち帰らせることにあると思ふ」と書いているが、この箒はそういった意味でまさに日常から解放されている。

箒の倒れる瞬間、世界は静まりかえり、箒は日常のベールを脱いで思わぬリアルな存在を顕現する。生命があろうとなかろうと、実存的瞬間が、そのものの上にやってくる。俳句形式はこんな瞬間を掬うためにこそある。『長嘯』（平成四年）所収。

## 長子次子稚《わか》くて逝けり浮いて来い　能村登四郎

『易水』(平成八年)所収。登四郎の長い句歴の中で特筆すべきは、七十代後半になってから始まった多作である。一年に一回か二回、八十句や百句というまとまった数の俳句を総合誌に発表することを、七、八年は続けただろうか。その中で、素材は拡大し、句風は自由になり、実験的な作も試された。

掲句を収めた『易水』は平成八年、作者八十五歳のときの刊行であるが、そこから例を引くと、〈月の出の滄浪何を濯ぐべき〉〈易水に鳥の屍またぐ凍りをり〉といった重厚さ、〈光琳水はた観世水ぬるみけり〉の華やかさ、あるいは〈暖かといふそれだけに足ひをり〉〈はつふゆの何のけむりか泪ぐむ〉〈白地着て行くところみな遠からず〉の日常性、そして〈跳ぶ時の内股しろき蟇〉〈匂ひ艶よき柚子姫と混浴す〉の遊びごころにいたるまで実に多面的で、それは雑誌掲載時に百句もの俳句を読者に飽きさせずに読ませるための工夫であった。

呼吸するように俳句ができるとこのころの作者はよく言っていたものだ。掲句もテレビ中継のための即吟で、数分間でできたようである。「浮いて来い」とは水遊びのおもちゃのことである。作者の長男次男は実際に夭折しているが、歳月を経た逆縁の遠い悲しみが、「浮いて来い」という季語に託して、軽くなつかしくいい留められている。

# 月明に我立つ他は帚草　能村登四郎

『羽化』（平成一三年）所収。〈おぼろ夜の霊のごとくに薄着して〉は昭和四十六年、六十歳のときの自画像であるが、掲句はそれから三十年後、卒寿を直前にしての最晩年の自画像。月の明らかな夜、透き通るばかりに瘦せた作者がひとり立っている。いつも家族や弟子たちと共にあった作者であるが、今夜作者に傅いているのは帚草のみである。人を遠ざけた静けさの中で、思うさま月明りを楽しむ境地。作者に箒を詠んだ代表句のあることを思い出してもよい。しかしまた、そこで私は登四郎が妻や二人の子をはじめとして、いくたりもの愛弟子にも先立たれていることを思わずにいられない。

うららかや長居の客のごとく生き

という句もあるが、こちらもめでたいと同時に、どんな恵まれた老境にもある孤独感の浸み透るばかりの句である。

「真の伝統作家というものは明日への創造をなし得る人であって、明日への方策のないものは真の伝統作家とは呼べない」「伝統ということばには、保守という言葉より創造という言葉を用意しなければならない」（『伝統の流れの端に立って』より）。

この言葉どおり、常に新しさを求めて九十歳を過ぎても俳句を作り続けた師であった。

# スペイン風邪以後の歳月風邪ひかず

佐藤《さとう》一喜《いつき》（大正元年〜平成一六年）

平成十二年六月、飯島晴子さんが亡くなった。その直後俳句雑誌にインタビュー記事が載り、私たちは自死の直前の心境を知ることになったのだが、掲句はその中に出てきた俳句である。所収句集は『風野』（平成一二年）という。飯島はその序文を書いており、インタビューの中で、「私にしては珍しく、最近、自費出版の句集の序文を書かせてもらったので、そのことを最後にお話しします」として、作者佐藤一喜氏について、長い人生を一生懸命生き、九十を越えてたった一冊の句集を出すことの尊さを語った。プロの俳人として常に先頭を走り続けた人の最後の言葉として印象深い。

俳句とは不思議なもので、飯島晴子のような一握りの専門的な俳人の牽引するものにはちがいないが、またその一方に何千倍もの俳句愛好家の存在がなくては、豊かに受け継がれていかない。そしてもちろん一般の俳句愛好家の作品にもすぐれたものがたくさんあり、それらの句は、プロの俳人の駄句ほどにも人に知られることがないのである。

スペイン風邪は大正七年から八年にかけて流行った風邪だそうだ。計算するとそのとき佐藤氏は六歳。作者は以後八十年以上風邪をひかなかったことになる。目立たない剛直な生き方の中にこそ本当の俳句はあると、飯島は言い残したかったのだろう。

# 春雪三日祭の如く過ぎにけり

石田《いしだ》波郷《はきょう》（大正二年〜昭和四四年）

『酒中花』（昭和四三年）所収。上五が字余りであるが、読んでみると、「春雪三日」は「シュン・セツ・ミッ・カ」と促音が弾むようなリズムを刻んで、思いがけない春の雪を嬉しいものとして受け止めた作者の心持ちがまず伝わってくる。数句前に〈雪降るか立春の暁昏うして〉があるので、まだ春寒いころの雪である。

今生は病む生なりき烏頭

の句があるように、作者は病と縁の深い一生を送り、療養俳句に新しい時代を築いた。このときも清瀬村への何度目かの長い入院の最中であった。個室に閉じこもる身には、雪さえ無聊の慰めだっただろうし、まして波郷は病室で選句などの仕事をしていたはずだから、窓の外を舞う雪は疲れた心身を癒してくれるものでもあったにちがいない。

臥して見える何もない空、せいぜい木の枝が見える程度の、殺風景な窓の景色を、無数の雪片が舞い落ちてゆく。落ちてゆく先の地上は、今の作者にとっては遠い世界である。雪掻きをすることも、やがて溶ける雪にぬかるむであろう道を歩くこともない作者には、春の雪はただいっとき空を賑わし、何も残さず過ぎる祭のようなもの。境涯を思えば、この句の天上的な明るさには、壮年の男性が世の中を外から見ている虚しさが交じっているようにも思われる。

# 雪降れり時間の束の降るごとく　石田波郷

『酒中花』所収。「十二月九日雪」と前書がある。「春雪三日」を詠んだ昭和四十二年の冬、ちょうど死の二年前の作である。秋にいったん退院したもののすぐに再入院、病はいよいよ篤く、そのため句にも深く沈潜する響きがある。

時間の束とはどういうことか、といっても、作者自身にも「時間の束」の意味は明確ではないだろう。かつて詠んだ、

雪はしづかにゆたかにはやし屍《かばね》室《しつ》

のような霏霏として降る雪で、空間を埋める雪片の無尽蔵と、雪片の埋め尽くす空間の厚みを、「束」という量を表わす言葉でとらえたのだ。

病人にとって、時間は命と同義である。砂時計のくびれを落下する砂が時間そのものであるように、この句における雪は時間と同化しており、だから「束」といえるほど激しく降る雪は、まるで「時間の束」が降っているようでもある。それはまた命の持ち時間がどんどん過ぎていくことを意味する。時間の過ぎるのは見ることができないが、雪に仮託すれば、われわれはそれを見ることができる。雪がしばしば重い意味をもって詠まれるのはそのためであろう。

牡丹雪時をゆるめるごとく降る　永田耕一郎

## 鬼も蛇も来よと柊挿さでけり　後藤綾子《ごとうあやこ》（大正二年〜平成六年）

『萱枕』（昭和六三年）所収。「柊挿す」は晩冬の季語で、節分の夜に柊の小枝に鰯の頭や豆殻を串刺しにして家の入口に掲げることをいう。鬼を追い払うためであるが、この句では「鬼も蛇も」と、鬼だけではなく蛇まで引き合いに出して、来たって構わないと開き直っているのである。

音数の関係で、「蛇」は「じゃ」と音読みするが、そのために「へび」というよりいっそう恐ろしげであり、「挿さでけり」の「でけり」の濁音とともに、この句に独特の強い調子をもたらしている。一種自分を戯画化したような視点や歯切れのよさは、個性派揃いの「鷹」の女流の中でも独特であった。この味わいはやはり関西のものだろう。

　雪加には早し雪加に違ひなし
　笹子視む肝腎のとき躓けり

など、自由闊達。対象が言葉になるときにスピードがあり、そこに、

　徂く春のわが清十郎ふりむかぬ
　陶枕の唐子の遊戯にまどろみぬ

といった虚の夢想の交じる、じつに個性的な作者であった。

# 人妻に春の喇叭が遠く鳴る

中村苑子《なかむらそのこ》（大正二年〜平成一三年）

人妻という言葉も最近では死語に近いようだ。結婚している女性でも人妻という言葉の持つウエットな意識はない。だからこの句も昔の母たちの世をかいま見るように味わうのである。この喇叭《らっぱ》は何の喇叭だろうか。軍隊のか、あるいはもっと身近な豆腐屋の喇叭か。夕暮れどき、人妻はひとりで厨に立ち、もの憂く遠い喇叭に耳を澄ましている。春愁のようなものが彼女を満たしている。甘い淋しさのある句である。

人妻という言葉を使った句を思い出してみると、有名なものでは、

ひとづまにゑんどうやはらかく煮えぬ　桂　信子

しやが咲いてひとづまは憶ふ古き映画　三橋鷹女

があるが、いずれも大正ロマンの匂いがするような、なつかしく静かな句だ。

中村苑子ははじめ久保田万太郎の「春燈」から出発したが、後に高柳重信と「俳句評論」を発行し、俳壇の一角に前衛的な一派を形成した。掲句を収録した『水妖詞館』（昭和五〇年）は六十歳を過ぎてから刊行された遅い処女句集である。平成八年に句作断筆を宣言。次の句が、句集最後の句となった。

音なく白く重く冷たく雪降る闇

## 落ちざまに野に立つ櫛や揚げ雲雀　中村苑子

『吟遊』（平成五年）所収。言葉のままに解釈すれば、雲雀の囀る野原に出て髪を梳《くしけず》っていたら、ふと櫛を取り落とした。その櫛が鋭く野に刺さって立ったというのだ。それだけでも珍しく面白い情景であるが、揚げ雲雀という言葉の一方には、当然落ちる雲雀が想像され、この櫛が勢いあまって野に突き刺さってしまった雲雀のようにも思えてくる。

それにしても、櫛の在処として、野に刺さる櫛など本当にあるかといえばありそうにないし、人はあまり野原で梳ったりもしそうではない。おそらくこの句は始めから終わりまで虚構なのだ。ただ、意味の整合性が通っているために、一読その虚構性が表立たないのである。

一句の後ろには野ざらしへの指向もあるのではないだろうか。小町伝説の、髑髏の眼窩を貫いて生うる芒の傍らには、櫛が刺さっていても不思議ではない。このような想像は中村苑子の作風の促すものである。なぜならこんな句もある。

貌が棲む芒の中の捨て鏡

麗かや野に死に真似の遊びして

作者にとって、光あふれる野こそは死への想念の呼び覚まされるところ。異界への入口であったのだろう。

# 梟の目にいっぱいの月夜かな　阿部青鞋《あべせいあい》（大正三年〜平成元年）

大らかで愛に溢れた誇張。月夜は梟の目に見えているのだろうが、「いっぱい」という量を表わすような言い方のために、梟の目の中に月夜そのものが入り込んでしまったような、あるいは湛えられているような印象を受ける。目に関する句では同じ『火門集』（昭和四三年）に、

瞳孔をしぼりにきたる牡丹雪

もある。牡丹雪が意志をもって、作者の目玉に迫ってくるようなこのとらえ方も面白い。もう一句、少し遡るが昭和十六年刊『現代名俳句集』より、わが偏愛の句を。

杉さむしかかる気圧をわれ愛す

かかる天気でも、かかる気温でもなく、かかる気圧といったことで、読者は気圧のもたらす〈ある感じ〉をより正確にとらえようと五感を鋭敏にする。それは視覚によるのでも皮膚感覚によるのでもない、聴覚や嗅覚までも総動員するような天候の新しい感じ方である。おそらく晴れていて、と思うのは私の感じ方であって、ある人は、曇っていて、と思うのかもしれない。気圧という気象用語が、このように新鮮に使われた例はまれであろう。

他にも〈半円をかきおそろしくなりぬ〉〈虹自身時間はありと思いけり〉〈くさめして我はふたりに分れけり〉など、新興俳句の流れを汲む作者らしい異色の俳句群を私は愛唱する。

# たてよこに富士伸びてゐる夏野かな

桂《かつら》　信子《のぶこ》（大正三年〜平成一六年）

『樹影』（平成三年）所収。富士山の姿を詠んでいるのにはちがいないが、「たてよこに富士伸びてゐる」という表現は、もはや視覚的な描写というより、直感的な把握によるもの。

確かにあの真中を持ってひゅっと摘み上げたようなすんなりとした傾斜は、縦にも横にも何の無理もなく引き伸ばされたように見える。引き伸ばされた裾は、輝く夏野となって作者の前に広がっている。

ちまちました表現の袋小路で行き詰まったときに読むと、こんな大らかな作り方もあるのかと、気持の楽になるような句だ。男性の自然把握が細部に目を利かせることが多いのに対し、このような大づかみで直感的なとらえ方は女性の作者に多く、たとえば、

木も草もいつか従ひ山眠る
秋嶺の闇に入らむとなほ容《かたち》
春の島なんでもなくて横たはる

など、ことに桂信子はダイナミックな把握を得意とする。細部に目を利かせなくては見えないものもあれば、大まかに見なければ見えないものもある。体全体で感じ取って、ずばりと言葉に置き換える、このような作り方に私は女性の俳句の新しい可能性を見る。

# 虚空にてかすかに鳴りし鷹の腹

桂　信子

『樹影』所収。単に鷹といえば、鷹狩の伝統から歳時記では冬季に分類されるが、俳句で詠まれる鷹はほとんどが秋に南方へ渡ってゆく途上にある鷹である。この句も虚空といっているので、渡りの途中の鷹かもしれない。いずれにしても、人の飽食の無様さに比べて、空腹の鷹のイメージが厳しく尊い。

私はまだ一度も野性の鷹を見たことがない。一度だけ福岡の遠賀川近くの山で、一日鷹を待ち受ける機会があったが、台風を恐れた鷹はその日渡るのを見合わせたらしかった。ほんの数羽が飛んだことが、近くにいた野鳥を見る会の人たちの無線で知れたが、私のいた山の裏を回ったらしくて見ることはできなかった。

しかし見たものにとらわれるということもあるかもしれない。掲句は想像力の所産である。作者の意識はいつしか鷹と同じ空を並んで飛んでいる。翼にあたる風の音と、翼の付け根の軋む音だけが聞こえる。するとふと隣を飛ぶ鷹の腹がくうと鳴ったのだ。

「俳句を作るとき私は別の世界へ入ってゆけるような気がする。そこは私にとって純粋な世界。そのような世界に浸る喜びがあることによって私は俳句を六十年も続けてこられたのだ」と作者は書いているが、虚空の鷹に急接近できるのも、俳句なればこそ。

## 草の根の蛇の眠りにとどきけり　　　桂　信子

『樹影』所収。地球の半径はおよそ六千四百キロ、そのうち中心からおよそ六十パーセントくらいまでが核（コア）と呼ばれる熱く溶けたもので成り、そこから上がマントルというやわらかめの岩になっている。固い地殻は地表からわずか二十から三十キロしかないというから、われわれはなんとも不安定などろどろの玉に乗って生きているわけだ。

さらに地殻の表面にはごくわずかぱらりと土の層があり、そこに生い茂る植物の恵みでわれわれ動物は生きている。土こそは私たちの命を育て、そして私たちもまたそこへ帰っていくところの基本物質。こういった地球内部への認識は、次に出てくる「冬滝」の句に見られる宇宙感覚とは表裏一体のもので、宇宙感覚を持った作り手であるからこそ、蛇の眠る土中が見えもするのだ。

宇宙の中の地球の一部として、人間をとらえること、蛇や草とわれわれ人間とを、同じ地球上の命を分け合うものとして一体とする世界観は、俳句の根源にあるものである。

蛇は細い草の根にくすぐられながら、浅い土中で眠っているのか。春になって草が再び青むころ、蛇は草の根のみじろぎでそれを知るのだろうか。前句で鷹と並行して飛んでいた作者は、この句では蛇のほとりでともに冬眠している。

# 冬滝の真上日のあと月通る　桂　信子

『花影』（平成八年）所収。まず太陽がある。そのまわりを、地球が自転しながら一年かけて一周している。さらに地球のまわりを月がめぐる。地球の軸が二十三度半傾いているために、太陽光が一年の半分は北半球に、後の半分は南半球の方によく当たり、それが夏と冬として感じられる。

四季はこのように太陽と地球の位置関係によってのみ生じるのであり、だから四季の変化を重んじる俳句は、宇宙的な視点とは切っても切れない関係にある。俳句はきわめてトリビアルなものの中に詩を見出すが、同時に天体としての地球を宇宙の中でとらえる見方も不可欠で、桂信子も常にそういった視点で世界を見る習慣を持つひとりだ。

そんな宇宙感覚を持った上で、掲句は滝の下からの視点で日月を見上げている。ここからはまるで太陽も月と同じように地球のまわりを回っているように見える。

命あるものはみな息をひそめて冬眠し、静まりかえっている厳冬の山中。木々は裸木となって骨の姿をさらし、岩も水も原初のまま。今日も太陽と月が、滝の真上の狭まった空を渡ってゆく。日月を詠んだものでは次の句も忘れがたい。

日も月も宙にただよひ熊野灘

# 野に蜜のあふれて村のひるねどき　桂　信子

句である。同じ作者に、

『花影』所収。昼寝は夏の季語だが、「蜜」という言葉のために、百花の咲く春の気配のある句である。同じ作者に、

野遊びの着物のしめり老夫婦

もあるので、そんな老夫婦の住む村を想像してもよい。どちらの句もおだやかな幸福感をたたえていて、読む者を癒す。この昼寝の村は、昔はどこにでもあった村、そしてこの三、四十年の間にすさまじい勢いで失われ続けた村である。

桂信子は昭和十年頃から作句を開始、新興俳句の旗手日野草城に師事した。初期の作者は、

ゆるやかに着てひとと逢ふ螢の夜
やはらかき身を月光の中に容れ
ふところに乳房ある憂さ梅雨ながき

などの、当時としては大胆に女性であることを打ち出した句で知られる。いずれも昭和二十年代の句で、新婚わずか二年で寡婦となってからの寂寥を逆手に取るように、やわらかな女性性を表立たせている。そしてその同じやわらかさが、年を経るとともに、一人の女性の身にまつわるものから、掲句のようなより普遍的な幸福感へと拡大していった。

## 怠りて過ぐ十月の眞澄かな

斉藤《さいとう》　玄《げん》（大正三年〜昭和五五年）

玄ははじめ西東三鬼に師事、後に石田波郷の「鶴」に拠り、昭和十五年北海道で俳誌「壺」を創刊主宰した人。私は長い間この句の「怠る」を、精を出さないというごく普通の意味に解釈していたが、最近になって、「壺」の現主宰である金箱戈止夫氏から、病が良くなる意の「怠る」であろうと教えられた。掲句は昭和五十三年の作で、この年玄は四月と七月に癌の手術を受けているが、九月には「壺」の大会にも出席し、この時期小康状態にあったと思われる。翌昭和五十四年に掲句を収めた『雁道』を刊行、その翌年五月に没した。

背景を考えずに「怠る」をなまけるの意味に取ることはできるし、私はその解釈の余地も残しておきたいが、ぽっかりと賜った寛解の時期を詠んだのであれば、真澄の語がいっそう切実さを増す。真澄はよく澄んで明らかなことで、真澄の鏡・真澄の月・真澄空などと使う。季語にも「秋澄む」「水澄む」などがあるが、この句は澄む主体を省略して、澄むことそのものを主体としたのである。玄は初期から死を見据えた作で知られ、ことに病臥してからは〈今死なば瞼がつつむ春の山〉〈死が見ゆるとはなにごとぞ花山椒〉などの壮絶な句を詠んだ。しかし私は生命力あふれる次の句にむしろ死の影を見るような気がする。

雀らの地べたを消して大暑あり

## 白桃や海より海を抱きとり　中尾寿美子《なかおすみこ》（大正三年〜平成元年）

海中にまわりの海と同じ海水でできた巨大な球体がある。同じ海水でできているが、まるで海流と海流の境目のように、周囲の海水と接していながらも独立した水の玉だ。ここで海の中の海を矩形でなく球体だと思うのは、最初に「白桃」が出てきているからである。海の中にある大きな球体の海水、それを想像するだけでもこの句の功徳はあるといえるだろう。

白桃もまた水分の玉であり、白桃と海中の水の球体とは互いに暗喩の関係にある。白桃、二度繰り返される海の語、抱きとるという行為、これらすべてが想起させるのは女性性である。それも、やさしさといったような属性ではなく、羊水、乳房といった肉体的、生理的な女性性そのもの。水の地球に住み、水の袋であるところのわれわれの体が欲するところの水分が、この句にはたっぷりと含まれている。

中尾寿美子ははじめ秋元不死男に師事、不死男の没後、六十代半ばにして永田耕衣の「琴座」により、耕衣の強烈な個性のもとで、本来持っていた幻想的な風を開花した。掲句は作風の転換後昭和六十二年刊の第五句集『老虎灘』所収。

白桃へみな抜き手切る夜の沖　　摂津幸彦

こちらも白桃と海を取り合わせた句。

# 傘寿とはそよそよと葉が付いてゐる　中尾寿美子

『老虎灘』所収。師、永田耕衣の印象だろう。無季俳句だが、「そよそよと葉が付いて」いるといえば、初夏のころが思われる。人の本性に植物を見る、あるいは人が植物に変身するという句がこの作者には多く、〈かの少女毛莨科《きんぽうげ》と思ふなり〉〈十分に老いて蓬に変身す〉〈旅人はぱつと椿になりにけり〉〈無花果をもぐ変身の手はじめに〉など、たちどころにいくつもの句を挙げることができる。作者はもともと物が確かにそのものであるという確信から遠いところで、物質の変幻を楽しむようなところがあって、〈きさらぎの雨粒なんと蓄なる〉〈もう鳥になれず芒のままでゐる〉も、そういった作り方。永田耕衣に師事した後の作者は、俳句ならいくらでも可能な変身を自由自在に楽しんでいた。

その根底にあるのは、この世に在り合う時間を惜しむ気持なのだろう。没後刊行された『新座』には、〈蜩や百年松のままでゐる〉〈流涕や世に在る日こそ青葉して〉〈歳月も樹も四五人で抱き切れぬ〉など、百年・世にある日・歳月と、時間の詠まれた句が増えている。

紅葉且つ散りて媼の位かな

こちらは自らの老いを詠んだもの。媼と呼ぶには早い七十四歳で没したが、正真正銘の媼になったときの俳句が見たかった。

# 今日も干す昨日の色の唐辛子

林《はやし》　翔《しょう》（大正三年〜平成二一年）

収録されている句集『和紙』は昭和四十五年の刊行だが、詠まれたのはずっと遡って昭和二十二年のこと。千葉県の中山法華経寺付近での作。それを知らなければ、この句はどこかの山村で自然の恵みに守られながら続くおだやかな生活風景を詠んだ句として鑑賞できるだろう。

唐辛子の色が昨日と変わらないように、暮らしも昨日と同じように続いていく。それは今は万人の憧れる自然に即した人間本来の暮らしである。生活は昨日とだけでなく、おとといも、去年とも同じであり、親の代から、さらに先祖の代から同じ色の唐辛子を干しているのである。唐辛子の色の鮮烈さが、一句の中で、不変の生活と好対照をなしている。

ところが実際にはこの句は終戦後まもない、いわば激動の時代がやっと落ち着きを取り戻し始めたときの作である。ほんの数年前には唐辛子を干すどころではなかったかもしれない人が、唐辛子を干しているのだ。やっともとの生活が戻ってきたという安堵。昨日と同じ今日がやってくることの安心。太陽の光に照る唐辛子の鮮やかな赤を見ていると、まるで戦争などなかったかのようだ。

おだやかな不変の生活がこの句のテーマであるが、それを激しい辛さを秘めた真赤な唐辛子を以て言ったところにこの句の面白さがある。

# 一花だに散らざる今の時止まれ　林　翔

『寸前』（昭和五〇年）所収。いっせいに咲くとは言っても、一本の桜の木にも花の開化に遅速がある。満開になるより早く、先がけて咲いた花は散り始める。それでも、咲き満ちていてしかも一片の花弁の散らないときというのが、どの木にもあるはずだ。その時のなんと短いことか。その時よしばしとどまれ。

咲き満ちてこぼるゝ花もなかりけり　高浜虚子

という句もあるが、満開の、しかも散っていない桜を詠んだ句は案外少ない。

作者は能村登四郎の盟友。登四郎と国学院で同窓であり、卒業後は同じ学校に奉職。ともに「馬酔木」に投句し、ライバルと称された。のちに登四郎が「沖」を創刊すると、その編集長となる。登四郎の葬儀で、翔は、〈交友七十年遂に君逝く青葉雨〉と詠んだが、俳壇では珍しい、麗しい二人三脚であった。

桜に限らずどんな物事にもピークの瞬間がある。満月、満潮、恋の昂ぶり。人と人の関係も、組織の充実も。体力も情熱も。すべて上り詰めていったかと思うと、収束へと下り始める。それが現象というものの自然な姿である。それでも「今の時止まれ」と呼びかけないではいられない。呼びかければ、時はしばしとどまってくれるかもしれない。

# 胡桃割るこきんと故郷鍵あいて　林　翔

『寸前』所収。胡桃《くるみ》をこきんと割る、鍵がこきんと開く、両方の意味を掛けている。「胡桃割る」「こきんと」「故郷」「鍵あいて」の初音がどれもK音であることも口誦性を高めている。しかしそれだけなら単にリズミカルであるというだけだろう。この句の良さは、故郷のイメージが、閉じた胡桃のように封印されたものとして感じられるところである。故郷の家は迎えてくれる人のいる賑やかなところではなく、自分で鍵を開けて入る場所なのである。作者の実際の生家がどんなところか私は知らない。しかし生母が早く亡くなっているし、五歳のときにはもう東京へ移動してもいるので、作者にとっての故郷は墓参りに訪れるのみの、子供時代の具体的な記憶を持たない、ただ大切に殻に閉ざされてあるものなのだろう。

今年も故郷の親戚から胡桃が送られてきた。それを割るとき、作者の胸中の故郷の鍵も同時に開く。「こきんと」の軽い響きにはどこかユーモラスなニュアンスがあるので、作者の望郷の思いもまた、今は軽やかなものだということが知れる。「ことりと」ならば、もっとひそやかな雰囲気の生まれるところだ。

いつでも帰ることのできる開かれた場所としての故郷と、胸の中にのみ存在する封印された場所としての故郷。帰ることのないふるさとはいつしか作者の内部のものとなる。

# 初蝶は影をだいじにして舞へり

高木晴子《たかぎはるこ》（大正四年〜平成一二年）

『晴居』（昭和五二年刊）所収。その年初めての蝶を見つけるのは嬉しいものだ。おぼつかない羽根づかいで必死に飛ぶ姿に、作者は思わず立ち止まり、春の訪れに胸を膨らませたと同時に、小さな命の可憐さに打たれたのである。初蝶は紋白蝶が多いが、風に翻弄されるように浮き沈みしながら飛ぶ初蝶はいかにもはかなく、流れるようにすいすいと飛ぶその後の蝶とは印象が全く違う。それを「影をだいじに」舞っているのだと言う心のみずみずしさ。

作者は高浜虚子の五女である。虚子に関しては、その子であるとか孫であるとかを常に記す気になるのは、虚子が俳句にとって大きな存在だったからというよりは、星野立子にしても晴子にしても、作風に虚子の影響があまりにも顕著に見られるからである。一口にいえば素直さであるが、素直な句を作ることは人が思うほどにたやすいことではない。それは何か賜物のようなものであり、それが虚子の息女たちの句にはあるのだ。

虚子の子のうち最後の一人となっていた作者も平成十二年に逝った。十三年版の年鑑には〈去年今年我れには紐のやうなもの〉という句が見える。もちろん虚子の〈去年今年貫く棒の如きもの〉のパロディーであるが、人生の終わりにこんなにユーモアたっぷりに父の名句をもじる大らかな精神もまた父ゆずりであろう。

# どの枝も空すすみゆく辛夷かな

永田耕一郎《ながたこういちろう》（大正七年〜平成一八年）

『雪明』（昭和六一年）所収。辛夷は、春まっさきに咲く花。北海道に住む作者にとっては、待ちわびた春である。白い花の咲く枝を見上げると、枝の後ろに見える空を雲が流れている。なおも見ていると、雲が流れているのか、枝が動いているのか、目が錯覚を起こしそうになる。まるで辛夷の枝が空を進んでいるようだ。清新な句である。

作者は楸邨の弟子らしいむしろ北の風土を詠んだ重い作風で知られ、たとえば〈気の遠くなるまで生きて耕して〉〈地吹雪の道あらはれてくるを待つ〉などはそのような句であるが、同時に透明感のある詩的な句も多く、特に掲句を含め、「空」を詠んだ句には或る特徴がある。

雁の夜や寝てゐて高き空にふれ

フリージアに空の来ている枕許

われわれは普通ある程度の高さから上を空と認識する。それは触れるものではなくて、見上げるものである。ところがこれらの句の空はいずれも、辛夷の枝やフリージアや作者に触れているものとして詠まれている。ここに私は空への作者の強い憧れを見る。作者には終戦後、〈切断音梅雨の重たき足失う〉という句があり、後にも〈昭和終る義足はなにもの言はず〉と詠んでいるが、動くことの叶わぬ病臥の経験が、空を作者のもとへ引き寄せたのだろうか。

2

〔大正八年〜大正九年〕

# てっせんのほか蔓ものを愛さずに

安東次男《あんどうつぐお》（大正八年〜平成一四年）

俳句には写生という王道がある。確かにものを提示することは、極端に短い俳句にとって効果的な方法であることはまちがいない。しかし掲句のような俳句の良さはまた別のものである。一句から鉄線の花が見えてくるといえば見えてくるが、作者はてっせんの「ほか」といっているのであり、さらにほかのものは愛さないのだと打ち消しているのである。結局は鉄線を愛すということだけれども、もちろん鉄線を愛するということと、鉄線よりほかのものを愛さないと言うこととはニュアンスが違う。俳句は意味ではなく、意味に至るまでの言い回しが重要なのであり、その道すじにこそ作者の心情は表われる。

この句を収録した句集『裏山』の出たのは昭和四十六年だが、掲句の作られたのは昭和十三年、作者十九歳のとき。鉄線を好むこと自体、十九歳の少年にしては大人びた趣味である。しかも彼はいきなり愛を告白したり、肯定したりするタイプではなく、否定に否定を重ねることによって初めて肯定の心を表わすような、屈折した心理を持つ少年だったのだろう。

俳句は加藤楸邨に師事したが、詩人であり、評論家であり、いわゆる文人俳句と呼ばれる。他にも〈なかぞらのものともならず烏瓜〉〈蜩といふ名の裏山をいつも持つ〉など格調高く、俳味と詩性を併せ持つ作風は独特。

## 霜柱はがねのこゑをはなちけり　石原八束《いしはらやつか》（大正八年〜平成一〇年）

昭和の初期の「ホトトギス」に大正主観派と呼ばれる人たちがいた。

芋の露連山影を正しうす　飯田蛇笏《いいだだこつ》
頂上や殊に野菊の吹かれ居り　原《はら》石鼎《せきてい》
霜つよし蓮華とひらく八ヶ獄　前田普羅《まえだふら》
痩《やせ》馬《うま》のあはれ機嫌や秋高し　村上鬼城《むらかみきじよう》
かたまつて薄き光の菫かな　渡辺水巴《わたなべすいは》

以来百年、俳句はこのときの達成を越えていないとさえいわれるピークである。俳句固有の韻文性にあふれ、丈高く、声調が張っていて、読むと深呼吸をしたようにせいせいする。現代はこうした韻文性の薄れた時代である。そんな中で、掲句は大正主観派の作に並べても、その格調において勝るとも劣らない作だといえよう。

霜柱が声を放つとは、踏まれて音をたてたことを誇張して言ったもの。「はがね」といい、「こゑ」といい、「はなつ」という、いずれも断定的な比喩に、おのずと作者の心の張りが声調として表われている。一句の調子はときに意味内容よりも雄弁に、作者の精神のありどころを伝えることがある。『白夜の旅人』（昭和五九年）所収。

# 人体冷えて東北白い花盛り　金子兜太《かねことうた》（大正八年〜平成三〇年）

『蜿蜿』（昭和四三年）所収の掲句が、私にはいぜんから次の句集『暗緑地誌』（昭和四七年）の、

暗黒や関東平野に火事一つ

と対に見えてしかたがない。どちらも俯瞰する位置から詠まれているせいなのだろうが、「白」と「黒」、「東北」と「関東平野」、そして「花」と「火事」。それらを対比すると、昼の日本列島と、夜の日本列島が浮かんでくるような気がするのだ。さらに深読みが許されれば、白い一方は死を、黒い一方は誕生を連想させる。

掲句に死のイメージを読み取るのはなにも人体が冷えるという言葉からではなく、むしろそういう意味でなら、冷えた人体は汗を連想させもするのだが、「白い花盛り」という言葉が死を思わせるのである。

花を桜と解釈する習慣どおりに、この花は桜であってもいいが、人体という無機的な措辞からして、白い花もただ白い花として、何の花と決めなくてもいいように思われる。花盛りといいながら、この句の賑やかさにはどこかしろじろとした、まるで天気のいい日の野辺の送りのような雰囲気がある。暗黒の夜の火種のようにわれわれは生命として宿り、死んで白光の中に霧散する。じつに恣意的な読みではあるが。

## 谷に鯉もみ合う夜の歓喜かな　　金子兜太

『暗緑地誌』所収。兜太にはなにかしら空白のものを充填する欲求が強くあるように思われる。色紙いっぱいにはみ出しそうに書かれる太い文字といい、一句に込められる調子の強さといい、精力的な活動といい。

そういった意味でいえば、掲句の情景は兜太にとって楽園の賑わいを具現したものである。この生命の横溢感はエロスを源とする。私はたくさんの大きな緋鯉を想像するのだが、満月か新月か、いずれにしても太陽と月と地球とが一直線に並ぶ大潮の夜には、このような鯉たちの饗宴があるかもしれない。海における極楽図としては、

近海に鯛睦み居る涅槃像　　永田耕衣

を思い出すが、掲句はその淡水篇ともいえよう。

そしてその舞台が、池などでなく「谷」であることも興味深い。谷は作者の生まれ育った秩父の谷であろう。急峻な山に挟まれた狭い谷の夜は、海から遠く隔たった厳しい清らかさに満たされた空間である。一種宗教的な印象は「歓喜」という言葉からも発している。象頭人身の歓喜天は、インドのシバ神の異称で、双身のものは男女和合の形を取る。有季か無季かは問題ではないが、緋鯉を想像すれば夏のイメージである。

# 冬眠の蝮のほかは寝息なし　　金子兜太

『皆之』（昭和六一年）所収。先に挙げた安東次男の〈てつせんのほか蔓ものを愛さずに〉とよく似た構造である。「ほか」といい、さらにその後に否定の語を持ってきている。安東の句が抽象的な印象を残すのに対して、金子の句には動物の存在感がある。

蝮の寝息だけがあるということなのだが、「ほかは」といったことで、蝮の眠る穴以外の山全体の静かさが際立っている。そして蝮の存在と、蝮以外の動物の非存在が、ともに「寝息」によって確かめられていることも味わいのポイントである。作者は想像しているのではなく、聴覚を澄ましているのだ。

産土の秩父は一貫して作者の作句のテーマであるから、この山も秩父の山を思い浮かべていいだろう。あの特徴のある黒々とした墨書のように、金子は物や生き物の存在を一句に黒々と記すのが常であるが、掲句に限ってなぜ二重否定の手間を取ったのだろうと考えていて、作者は山と山の静かさを詠みたかったのだと納得する。蝮の寝息によって、作者の表わしたかったのは冬の山の静かさ、その大いなる量感ではないか。そしてこの句が山の表面ではなく、土中に視点を置いて詠まれていることも興味深い。作者自身もまた産土の山に抱かれた安心の中にいる。胎内のように、ぬくく、闇に包まれて、寝息をたてる安心が一句の主題である。

## 陰《ほと》に生《な》る麦尊けれ青山河　佐藤鬼房《さとうおにふさ》（大正八年〜平成一四年）

『地楡』（昭和五〇年）所収。陰は山間の窪地。植物にとって特等席とはいえないそのような土地に育つ麦こそ尊いことよと、まずは意味のとおりに解釈しておきたい。

宮城県塩釜の地にあって、〈切株があり愚直の斧があり〉の斧たらんと、傘寿を過ぎてその反骨の面を和らげることのなかった鬼房ならば、豊かな青田の景色よりは、窪地に貧しく生った麦の方へ、いかにも目が行きそうである。陰が女性の陰を思わせることも、生命を生み育てる産土への畏敬を感じさせる。

陰は窪地の意と同時に、神話の食物の神、大気津比売神《おおげつひめのかみ》の陰をさしている。大気津比売神は速須佐之男命《はやすさのおのみこと》に食事を所望され、口と鼻と尻から食べ物を取り出して奉ったところ（一説には保食神《うけもちのかみ》が月夜見尊《つくよみのみこと》に奉ったとも）、穢いものを食べさせようとしたと怒った速須佐之男命に殺されてしまう。その後には「頭に蚕生り、二つの目に稲種生り、二つの耳に粟生り、鼻に小豆生り、陰に麦生り、尻に大豆生りき」。これを神産巣日《かみむすび》の御祖命が取って種としたというのが『古事記』に記す五穀の起源。人を育むのは大地であり母である。たくましくもかなしいそれらの側に立つのが鬼房の態度だ。種の語は句の表面からは隠されているが、種こそは生命の循環の象徴。母と種と青い山河。この句はそれら自分を育んでくれるものへの敬意に満ちている。

# 長距離寝台列車《ブルートレーン》のスパークを浴び白長須鯨《しろながすくじら》　佐藤鬼房

『瀬頭』（平成四年）所収。ここ三、四十年の間、一線で俳壇を牽引し続けてきた俳人にはなぜか大正八年生まれが多く、大正八年組と呼ばれる。彼らはそれぞれ個性的であるが、佐藤鬼房ほどひとつの作風にとどまらずに最後まで試行錯誤をし続けた作者は希有である。ブルートレーンに長距離寝台列車という漢字を当てているが、はじめからブルートレーンと表記してもよさそうなのに、そうしないのは、「長距離寝台列車」の漢字の表記がいかにも長く連ねた列車の箱を思わせるからであろう。そのスパークを浴びるのが、よりにもよって白長須鯨である。この鯨はどこにいるのか、列車はどこを走っているのかなどと詮索しても意味がない。ここは俳句の中にしか存在しえない時空。

七つの漢字を連ねたブルートレーンのスパークを浴びる下五の存在は、それなりに表記に重量感のあるものでなくてはならない。そこで白長須鯨なのである。白長須鯨なら、「長距離寝台列車」に対するに、問題なく大きい。

この句は表記の面白さ、そこから引き出される映像の面白さが命である。声に出して読んでみるとわかるが、音的にはけしてリズムがいいとはいえない。しかし表記の持つインパクトだけを目指した作品があっても、もちろんいいのだ。

# やませ来るいたちのやうにしなやかに　佐藤鬼房

『瀬頭』所収。歳時記にはさまざまな風の名が載っている。春の貝寄風《かいよせ》、涅槃西風《ねはんにし》、比良八荒《ひらはっこう》、桜まじ、ようず。夏のはえ、まじ、ひかた、あいの風、茅花流し。秋のやまじ、盆東風《ぼんこち》、高西風、黍嵐、雁渡し。冬のならい、あなじ、たば風、神渡し。風は農業や漁業の指標であるので、吹く風の方向や強さを注意深く区別し、土地ならではの名前をつけたものである。

「やませ」は六、七月ごろに吹き込んで東北に冷害をもたらす冷たい湿った北東の風で、飢餓風ともいい、「病ませ」の字を当てることもある疫病神だという。しかしこの句では必ずしもそれが疫病神のようではなく、まるで美しい生きもののように表現されている。

鬼房は風土の作家と呼ばれ、自分でもそう言い、掲句も「やませ」という特殊な天候を詠んではいるが、詩として洗練され昇華しているところが、平凡な風土俳句と決定的に違う。そして洗練が少しも土着性を損なっていないところも。

鬼房はあるとき、「真昼に突然冷たい霧状の湿気を伴ってやませが吹きこみ、塩竈の港の大通りが白い気流に覆われ、またたくまにあたりが薄暗くなるのに出会った。そのとき、中空で必死にやませに逆らう紋白蝶《ちょう》を目にしたのだが、しまいには路面に吹きつけられ粉々に散ってしまった」という。やませとはそれほど激しいものであるようだ。

## 残る虫暗闇を食ひちぎりゐる　佐藤鬼房

『瀬頭』所収。「暗闇を食ひちぎりゐる」という表現は、残る虫という現実の虫を形容するにしては度を超している。つまり「残る虫」は作者自身なのだろう。そういえばマゾヒスティックなまでの自己客観視と、王のような矜持のないまぜになった鬼房の句は、暗闇を食いちぎるといった形容がいかにもふさわしい。

鳥《とり》食《ばみ》のわが呼吸音油照り

たとえばこの句の暑苦しさなどその最たるものである。鳥食とは大饗の後残ったものを庭に投げて下賤の者に食べさせることをいう。さらに、

吐瀉のたび身内をミカドアゲハ過ぐ

という句もある。これも闇を食いちぎる句の類。こういった作品が少なからずある中に、ふっと浸み入るような抒情の句があって救われる。たとえば、

露けさの千里を走りたく思ふ
羽化のわれならずや虹を消しゐるは
鳥帰る無辺の光追ひながら

など。鬼房のこの両極端に翻弄されることもまた読者の悦びである。

# なづな粥泪ぐましも昭和の世

沢木欣一《さわききんいち》（大正八年〜平成一三年）

『白鳥』（平成七年）所収。昭和の最後の日は、昭和六十四年一月七日であった。それゆえの「なづな粥」である。沢木欣一もまた大正八年組なので、大正が昭和に変わったときには七歳、第二次世界大戦の終わった昭和二十年には二十六歳、昭和が平成になったときには六十九歳である。大学在学中に召集されて終戦の年の秋に復員。翌年、細見綾子と結婚。同じ年に俳誌「風」を創刊した。

一回りほども年上の綾子とのロマンスは有名である。綾子はそのときすでに先夫を亡くし、その後の長い病臥の時期をやっとくぐり抜けたときであった。綾子も高名な俳人であったため、沢木と細見の夫婦は常に俳壇の表舞台で活躍し続け、戦後の俳壇をかたち作ってきた。その感慨が「泪ぐましも」であるのだろう。

「風」は戦後の俳壇の台風の目のような存在であり、社会性俳句もここから生まれた。

塩田に百日筋目つけ通し

水塩の点滴天地力合せ

を含む昭和三十年の「能登塩田」はその代表作である。大正八年組は、社会性俳句をはじめ、金子兜太を中心とする前衛俳句など、戦後俳句史において常にさまざまな活動の中心にあった。

# 天上も淋しからんに燕子花

鈴木六林男《すずきむりお》（大正八年〜平成一六年）

『国境』（昭和五二年）所収。十代で三橋敏雄らとともに新興俳句の洗礼を受けて俳句を始めた六林男は、戦争中は戦場で句を作り、戦後は社会性俳句の旗手となり、常に社会との関わりの中で辛口の俳句を生みつづけて現在に至る。中で戦争の句として最も有名なのは、句集『荒天』（昭和二四年）にある、

遺品あり岩波文庫「阿部一族」

であろう。端的な表現の中に、国家に殉ずることと君主に殉ずることの意味が二重に写し出されている。花鳥諷詠とは立場を異にする六林男の句であってみれば、掲句も、単なる死者でなく、戦死した兵士たちの淋しさをこそ思って読むべきだろう。死んでいったたくさんの仲間がおり、体内に銃弾の破片を残しながらも生きている自分がいる。それは行き来のかなわぬ隔絶された場所にはちがいないが、しかし少なくとも淋しさは共通している、というのである。

この「淋しからんに」の「に」のニュアンスは、「天上も」の「も」と連動して複雑である。「天上は淋しからんに」ならもっと単純に天上と地上とを区別した印象を与えるところ、「も」としたために、「に」の逆説が地上にまでおよぶことになる。この言い回しのために、燕子花が地上から天上へと突き抜けて存在するように感じられるのである。

# 短夜を書きつづけ今どこにいる　鈴木六林男

『雨の時代』（平成六年）所収。短夜はその意味のとおりに暮れ遅く明けやすい夏の短い夜のことだろうが、人生の短さも掛けているだろう。自分は時を惜しんでいっしんに書き続けてきたが、いったい今自分はどこにいるのか、と。

どこにいるのかという問いかけは、これでいいのかという自省に近い。次のような句もある。

何をしていた蛇が卵を呑み込むとき

平成七年作。蛇が卵を呑み込むのは自然の摂理であるから、もちろんこの蛇は比喩としてのみ機能する。蛇と卵とは権力と支配される者の謂であろう。事件を限定する必要はないが、そのときの部外者の態度を問いつめている。さらに平成十年の作には、

初景色此岸は昨日崩れおち

もある。初景色などとおめでたいことをいっているけれども、もう足下は崩れ落ちているのだと、これは阪神大震災のことを言ったとも取れるし、昨今の地球規模での社会的・環境的な混乱を言ったとも取ることができる。いずれにしても社会のマイナス面から目を離さない態度は、詩を作る者として忘れてはならないことである。自然を詠むことを第一義にする俳句はときとしてそれを忘れがちだ。

# 雪嶺のひとたび暮れて顕はるる　森《もり》　澄雄《すみお》（大正八年〜平成二二年）

これまでにもたびたび言及した大正八年組とは、大正八年生まれの俳人たち、即ち森澄雄・佐藤鬼房・鈴木六林男・金子兜太・沢木欣一・石原八束・原子公平らのことである。大正九年生まれの俳人も多く、こちらは飯田龍太・三橋敏雄・津田清子・石田勝彦、そして小説家で俳人の眞鍋呉夫もそうで、大正八年と九年生まれを合わせれば、現俳壇の実力ある人々の多くがそこに含まれるくらいである。彼らは戦争の影響をもろに受けた世代でもあり、第二次世界大戦終戦の年に二十六、七歳であった。その中でも森澄雄と、次に書く飯田龍太はこの三十年余りの期間、最も注目を集め続けた作り手である。

掲句は句集『花眼』（昭和四四年）所収。昼間まぶしく輝いていた雪嶺も暮れて、夜の闇が辺りを覆う。しかし完全に暮れてみると、闇に慣れた目に、真っ白な山が再び現れて見えたのである。顕現の顕を使ったために、雪嶺の白がより強調されている。

格調が高く、韻律も重厚で、いかにも堂々とした雪嶺の威が感じられる。「ひとたび暮れて」の中七で時間が経過しているので、読者の目には、昼間の輝く嶺と、ひとたび暮れて現れた夜の雪嶺との両方が見えるしかけである。信州で想を得てから一年をかけてこの形になったと自註している。

# 秋の淡海《おうみ》かすみ誰にもたよりせず　森　澄雄

『浮鷗』（昭和四八年）所収。まず、「あきの」「おうみ」「かすみ」と、淡水の波がひたりひたりと静かに寄せるような調子が心をとらえる。「おうみ」と「かすみ」は脚韻を踏んでいる。三・三・三のリズムは、後半では四・五と音が一音ずつ増えて安定する。

あるいは、こちらの方が一般的かもしれないが、「秋の淡海」を字余りの六音として読んでもよい。その場合は中七を一息に読もうとする心理が働くので、「かすみ」と「誰にも」の間の間隙は狭くなる。つまりこの場合、意味の切れとリズムの切れとがずれて、より複雑な印象になる。そして、上五を六音の字余りとして読む場合にも、先に挙げた三・三・三・四・五のリズムは隠れたリズムとして働いて、ひたひたと湖の縁に寄せる低い波のリズムを読み手の無意識に印象づけるのである。

俳句のような韻律を重んじる定型の場合、一句をなすものは内容だけではなく、リズムであり、ときには表記も重要な要素となる。この句は淡海という歴史に裏打ちされた地名の効果、韻律や音感の効果などを計算し尽くした、いわば言葉の芸を尽くした作品。複雑な味わいは、春の言葉である「霞」を秋の湖の形容に使ったことからも発している。このとき作者の胸中には芭蕉の〈行く春を近江の人と惜しみける〉があったようだ。

# 綠山中かなしきことによくねむる

森　澄雄

所収句集の『浮鷗』の出た昭和四十八年に私は俳句を始めたので、掲句は私の最も初期に愛唱した句である。まだ二十歳そこそこだった私は、「かなしきことによくねむる」を若さの表出だと解釈し、俳句では若さや健康は「かなしい」ことなのだと合点した。滴るような緑の山中にこんこんと眠るとはまたなんと気持のよさそうな設定だろう。しかしそれだけなら俳句にはならない。そこで「かなしきことに」なのである。一句の中で、陽の要素は等量の陰によってバランスを取ろうとする。俳句とはそうした言葉の生理を持つ。

この句を作った昭和四十五年、作者は五十一歳。それなら、眠る主体は自分であってもよいが、緑山中の「緑」の一字が、女性の黒髪を思わせないだろうか。

朧にて寝ることさへやなつかしき

もう一句、『四遠』（昭和六一年）所収の眠りの句を挙げる。作者はこのときもまだ六十代であるが、この感慨はすでに老境のものだろう。寝に就くときの安堵と、あまりの春の夜の香しさに、眠りに落ちることを惜しんでいる気分とが、ゆるやかな言葉の斡旋の中にたゆたうようだ。「かなしき」といい、「なつかしき」といい、澄雄の句は普通俳句では敬遠される感情を表わす言葉を惜しげなく使う。

# 白をもて一つ年とる浮鷗　森 澄雄

『浮鷗』所収。敦賀の種《いろ》の浜での作。昭和四十七年の作であり、このとき作者は五十三歳。まだ老いを考える年ではない。もちろんこの句の「年とる」は、「白をもて」と言っているのだから、鷗に掛かると考えてよいのだが、そこには表現の常として作者が投影されている。やはり作者がひとつ年を取るのである。五十三歳にしては老成したこの句は、澄雄の俳句に対する姿勢をよく表わしているように思う。作者はこの年シルクロードへ旅しているが、そこでは句を作らず、直後の近江への旅で先の〈秋の淡海かすみ誰にもたよりせず〉や掲句をはじめ多くの句を得て、以後頻繁に近江や若狭への旅を繰り返すこととなる。五十一歳で没しその若さで翁と呼ばれた芭蕉への傾倒、俳句の固有性の認識を作者はこの年にいよいよ自覚し、作句の上でも、目新しさより古典的な美しさを、若さより老いを重んじる姿勢を、はっきりと打ち出していく。その上での「一つ年とる」なのであった。

それらのことを離れても、掲句は言葉の芸において味わい深い。年齢を表わす「一つ」は、同時にまるで鷗がたった一羽ぽっかりと浮いているような印象を与えるし、「もて」の「て」、「一つ」の「つ」、「年とる」のふたつの「と」、合計四つのTの音の醸す音とリズムも、波間に浮き沈みする鷗の白を彷彿とさせる。

# ぼうたんの百のゆるるは湯のやうに

森　澄雄

『鯉素』（昭和五二年）所収。牡丹の華麗な美しさを詠んだ佳句といえば、

牡丹散てうちかさなりぬ二三片　　与謝蕪村
白牡丹といふといへども紅ほのか　　高浜虚子
花に葉に花粉たゞよふ牡丹かな　　松本たかし
天つ日に身を盛りあげて牡丹咲く　　相馬遷子

などを思い浮かべることができる。その中でも掲句は比喩の特異さにおいて忘れることができない。ゆれる牡丹から湯への飛躍は意表を突くが、いわれてみて違和感がないばかりか、湯のような牡丹の揺れにともに揺られる快感を覚えてしまうのは、この句の音のせいだろう。「ゆるるはゆのやうに」と、「ゆ」と「る」がそれぞれ二度ずつ重なることによって、読者は揺れる牡丹と湯の関係を頭で考えるより先に、音の心地よさに引き込まれてしまう。そののち、たゆたう湯の表面のようなうねりを、百の牡丹の花の揺れとして感受する。湯なら熱いはずだが、これも音のせいで、このお湯は温く感じられる。即ちちょうど牡丹の咲くころの太陽の光や熱が花の上に耀うように、この湯は感じられるのだ。牡丹を漢字にせず、「ぼうたん」と平仮名で引き伸ばしているのも、たゆたいうねる湯の感じにふさわしい。

# 妻亡くて道に出てをり春の暮　森　澄雄

『白小』（平成七年）所収。この句に先立つこと数年、「八月十七日、妻、心筋梗塞にて急逝。他出して死目に会へざりき……」の前書きで、

　木の實のごとき臍もちき死なしめき

の句がある。妻はその昔、

　除夜の妻白鳥のごと湯浴みをり

と詠んだ妻であり、さらに年月を経て、

　妻がゐて夜長を言へりさう思ふ

と詠んだ妻であった。妻を亡くした悲しみは癒えることはないが、年月とともに悲しみが沈潜していく中で、ある春の夕暮、家居の合間にふと家の前の道に出た作者は、形容しがたい思いで、悲しみがすでに自分に同化していることに気づく。季語が「春の暮」であることが、一句に安らかさを与えてはいるが、それにしてもなんという寂しさだろう。

　また、この句は、芭蕉の〈この道や行く人なしに秋の暮〉を思い出させないだろうか。さらに蕪村の〈門を出て故人にあひぬ秋のくれ〉を。作者の寂しさは、黄昏の中で、しだいに先人たちの寂しさと同化し、昇華されていく。

# 緑蔭をよろこびの影すぎしのみ

飯田龍太《いいだりゅうた》（大正九年〜平成一九年）

『麓の人』（昭和四〇年）所収。飯田龍太は大正九年に山梨県東八代郡境川村小黒坂に生まれた。父は「ホトトギス」大正主観派として名高い飯田蛇笏。龍太は四男であったが、三人の兄が相次いで病死・戦死したため、家郷に呼び戻され、以来境川村に住み続け、昭和三十七年に蛇笏が没すると、「雲母」の主宰を引き継いだ。

飯田龍太に関してのみ特に経歴を記す気になるのは、ここ三十年ほどの間つねに並び称されてきた森澄雄と飯田龍太の、風土との関係を対照的だと思うからである。父祖の地から選ばれたように呼ばれ、否応なくそこに腰を据えた龍太と、九州に育ち東京に住みながら、近江という土地を自ら選んで通い続けた澄雄と。

龍太のとらえる風土には日常があり、澄雄の近江には歴史がある。龍太は詩的であり、澄雄は俳句的である。龍太の句は浮遊し、澄雄は沈潜する。そして双方ともに普遍に至る。

掲句は風土性のある句ではないが、しかし風土にどっしりと根を下ろしている作者だからこそ、言葉にここまでのあえかな浮遊感を持たせることができるのではないだろうか。龍太の句は、強い憧れに促されて空へ向かっている。それは逆にいえば、龍太が足下の微動だにしない作家だったからである。

# 父母の亡き裏口開いて枯木山　飯田龍太

『忘音』（昭和四三年）所収。句集名の『忘音』は次の句による。

落葉踏む足音いづこにもあらず

母を亡くした折の句である。父蛇笏はすでに没しているが、その生前には次の句がある。

手が見えて父が落葉の山歩く

作者にとって、落葉の裏山を歩く父の足音、母の足音こそは日常の音だった。家の中に母の声がしない、いるべき場所に父も母もいないということには人はやがて慣れもするだろう。しかしある日裏口が開いていて、そこから見慣れた裏山が見えた。そのときに、虚を突かれたように、作者は父か母が裏山に出ている錯覚を起こしたのだろう。もちろん作者はすぐに錯覚を了解する。もう決してそこを父母が歩くことはないのだ。

人はそのように幾度も虚を突かれ、了解しながら人の死を受け入れていくものだ。しかしそれだけでなく、この句にはやはり風土のもたらす安心がある。いつか、作者の子供が同じ感慨を持つかもしれない、蛇笏はその父母が死んだときに同じことを思ったかもしれない、と感じられるのだ。山河は永く、人は短い。悲しみのうちにも、定住する者だけが感じる山河への安心が、この句にはある。

## 子の皿に塩《しお》ふる音もみどりの夜　飯田龍太

『忘音』所収。芽吹いた木々の緑がぐんぐんとその色を濃くしていくのはほんのいっときのことで、たちまちのうちに野山は緑に覆われる。この句はその、緑にまださみどりの気配の残る香しい夜を詠んでいる。

真っ白い大きな皿がいい。塩をふって食べるものといったら野菜だろうか。茹でたきぬさや、レタス、あるいはパセリ。そういった緑のものを想像するのは下五の「みどりの夜」のせいである。そこへ作者自ら塩をふってやっているところ。真っ白な塩が真っ白な皿の上で跳ねる。作者は「音」といっているのに、音よりも塩が跳ねている映像が目に浮かぶのは、一句のはじめにまず皿が登場しているためである。上五と下五が視覚的な要素なら、中七は聴覚的な要素にする。無意識のうちに繊細な選択がなされている。

「音も」の「も」にも注意したい。たとえばここが「や」ならば、室内と戸外とはくっきり分かれてしまうところである。「も」としたために、まるで窓が開いていて、そこから緑が見え、香しい風が室内を通っているようであり、食卓のある空間と外の緑の空間とが繋がっているのである。食卓の情景と戸外の木々の姿、そのふたつの視覚的情景を繋げるためにも、中七は「音」という異質の要素でなければならなかった。

# どの子にも涼しく風の吹く日かな　飯田龍太

『忘音』所収。龍太の句はどちらかというと言葉の構成に凝った句が多いが、この句はまことにさらっとしている。実際に子供たちを見ていてふと口を突くようにできた句のようで、それゆえに、たとえば一茶の、

雪とけて村いっぱいの子供かな

と同じように、子供の句として普遍性を持ちえているのではないだろうか。たくさんの子供たちが安心して遊んでいる光景は昔は普通のことであったが、昨今は少子化に加えて子供の受難の時代であり、心の痛む報道があとをたたない。

一茶の句について、詩人の山尾三省は、「子供達が地球という村いっぱいに遊んでいるということが、ぼく達の真実の希望であり、未来でなくて、他に何があろうか」と書いているが（『カミを詠んだ一茶の俳句――希望としてのアニミズム』）、これらの句は実際の情景描写であると同時に、「いつまでもそうであれ」という祈りでもある。一茶の句が春の子供たちの姿だとしたら、龍太の句はその同じ子供たちの夏の姿だといえよう。

掲句は昭和四十一年の作であるから、そろそろ高度経済成長の弊害が出始めたころの作か。それからの社会の変遷を思えば、この句の幸福な情景がなおのこと尊い。

# 雲のぼる六月宙の深山蟬　飯田龍太

『春の道』（昭和四六年）所収。一句全体が、上昇しようとする強い力の支配下にある。「雲」「のぼる」「宙」「山」「蟬」、これらの言葉のすべてが、上昇するもの、天にあるもの、高いものを意味している。

春の鳶寄りわかれては高みつつ
春すでに高嶺未婚のつばくらめ
いきいきと三月生る雲の奥

これら龍太の初期の代表作に働いているのも同じ力である。しかもその上昇の力は現実から遊離するような、つまり宇宙にまで飛躍してしまうようなものではない。ちゃんと肉眼で見える範囲の高さ。その高みへ、龍太の言葉はまるで生命力の証のように上昇する。情熱よりは諦観、青春よりは老境、上昇よりは沈潜に適した俳句形式において、これは特異なことだ。

梅雨どきのしとどに降る雨があがって、低いところに垂れこめていた重い雲が青空へ上がりつつ霧散し始める。それとともに蟬の声が山の奥から湧き出し、それがまるで雲の動きとともに中空へと上昇していくように感じられるのだろう。水気をたっぷりと含んだ深い山の木々が、一句の上昇力をしっかりと地へ繋ぎとめている。

# 一月の川一月の谷の中　飯田龍太

『春の道』所収。そのシンプルさにおいて、この句ほどさまざまに取沙汰された句はないだろう。俳句は省略を旨とするが、ここまでの省略をよしとするかしないかで意見は分かれる。しかし究極の省略の姿として珍重すべき、現代俳句の極北の一句である。

雪の語は出てきていないが、真っ白な雪に埋め尽くされた山間を思い浮かべてしまうのはなぜだろうか。表記からくるシンプルな印象がそもそも白いのである。作者の家の裏手には狐川という、やがて笛吹川へと流れ入る小さな渓流があり、それを詠んだものだというが、しかし私が一句から受ける印象はもっと大きな風景で、たとえばヘリコプターから見下ろしているように、雪に覆われた広大な山と谷の景色が見えてくる。真上から見下ろすその風景は左右対称でなければならない。この句の表記がほぼ左右対称だからである。左右対称の句というのもめったに作れるものではない。

そしてこの句はそれがすべてである。心情、感慨、そのようなものの入り込む隙はない。確かにここまで省略を突き詰めれば、この先表現はどうにもなっていきようがないのではないかという気はする。龍太は平成四年に俳壇から引退するが、そのような指向はこの句にも宿っているように思われる。

# 雪の日暮れはいくたびも読む文のごとし　飯田龍太

『春の道』所収。「一月の川」と同じ年の作。小さな山村での静かな暮らしの中から自然に浮かんだ感慨であろうが、これは都会に住む身であっても、雪の降る日暮れならこのように感じられそうである。龍太の句はいずれもそうで、風土に根ざしたものにちがいないのに、どれも瀟洒で現代的だ。

不思議な比喩である。手紙をいくたびも読むのは、その手紙が嬉しくなつかしく大切だからである。それならば雪の日暮れもまた嬉しくなつかしく大切だという意味だろうか。

私は、この句にはそれにもうひとつ、作者の隠れ心が加わっているように思う。降る雪に隔絶されたわが家、ことに日暮れともなればもう外へ出かける気遣いも、人の来る気遣いもない。手紙もまたそっと送られてきて、書いた本人とは遠く隔たっているものだ。ひとり部屋に籠もってそれを読むと、会って話すよりもずっと心が通じ合う気がする。和紙の手ざわり、薄墨の色。暮れなずむ外を見ると、自分を世と隔絶する闇に、さらに世を隔てるように雪が降りしきる。この不思議な比喩はそのような心理があって、思わず出てきたものではないだろうか。

この句は二十字もあるが、これを〈雪の暮いくたびも読む文のごと〉と整えたのでは、降る雪が見えず、暮れてゆく時間が含まれないと、作者は自解している。

## 白梅のあと紅梅の深空あり　飯田龍太

『山の木』（昭和五〇年）所収。私は一度だけ飯田龍太邸へ伺ったことがある。といっても、龍太氏は臥しておられて面会できず、奥様のお目にかかっただけだが、お庭や裏山、そして「一月の川」の句で有名な狐川など見せていただいた。

そのとき裏庭の池のほとりで紅梅を見た。これがあの紅梅と思ったが、作者の自註を読むと、紅梅はこの句を作ってから欲しくなって手に入れたとあり、この句の梅は在来種の甲州野梅というもので、「改良種の甲州小梅と違って、花弁がキッパリと開く。凛々しい感じだ」といった梅であったようだ。

この句で、目の前に咲いているのは紅梅であり、白梅はもう終わっているわけだが、読者の目には時間差のあるその両方の花が見える。紅梅ははっきりと、白梅は気配として、一句の中に咲き誇っているのである。山本健吉はその著『現代俳句』の中で、この句を鑑賞するのに、光琳の「紅白梅図」を引き合いに出しているが、あの絵にしても、必ずしも同時に咲いているそのままの景とは限らない。真中に描かれた水の流れが時間を切断しているようにも感じられるからである。この句の場合は「深空」がその役目を果たしている。「深空」を共通項として、白梅と紅梅の間にある時間差を、一句は同時に取り込んでいる。

# 黒猫の子のぞろぞろと月夜かな　　飯田龍太

『山の木』所収。前頁にも書いた一度だけの山廬訪問のとき、お宅の近くで猫の親子を見た。さて色は何色だっただろうか。仔猫はちょうどじゃれる年頃で、母猫が心配そうに見守る中で、竹林に逃げ込んではまたすぐちょろちょろと駆け出してくる仔猫たちとしばらく遊んだ。野良猫の血脈は、絶えそうで絶えずにその界隈で引き継がれていくものだから、あの仔猫たちにも、この句の黒猫の血が混じっているかもしれない。

「初案は子に仔を用いた。用法としてはその方が正しいかもしれぬが、仔よりも子の方がなんとなく可愛らしい感じだ。それに、親猫の姿も見えてくる」と、作者の自註にある。私は「仔」の方だとなんとなく乳飲み子のようで小さすぎる気がする。うんと小さいときは、母猫は仔猫をくわえて運ぶものだ。

安全な場所を求めて母猫はしばしば引っ越しをするが、これはその途中であろうか、あるいは外の世界に慣れさせるために、夜を選んで探検でもさせているのだろうか。暗い庭を黒い猫たちが横切っていく。親がいき、仔猫がいき、二匹も三匹も仔猫が続いてゆく。まだいる、まだいるという微笑ましい驚きが、「ぞろぞろと」に表われている。私は長くこの句を楸邨の句だと思っていた。無名性といえば大げさだが、そのような無記名の印象が龍太の句にはある。

## 百千鳥雌蕊雄蕊を囃すなり　飯田龍太

百千鳥とはさまざまな春の鳥の囀りをいう。囀りとは鳥の求愛の声。その声が百花の雌蕊雄蕊の交配を囃し立てるというのである。鳥も花も子孫を残すための恋にいそしむ季節のめでたさが、「百」「千」という数字、あるいは「雌蕊雄蕊」の画数の多さ、また「囃す」という賑やかな言葉から感じられる。

この句は小林恭二がプロデュースして行なわれ、後に『俳句という遊び――句会の空間』(岩波新書)という本にもなった句会に出句されたもので、句会の模様を活写した小林は「おおらかなセクシュアリティを感じさせる」「一種、曼陀羅《まんだら》のような神々しくも猥雑な生気が伝わってくる句である」と、またこのとき句会のメンバーの一人であった高橋睦郎は、伊藤若沖の絵のようだと、この句を評している。

掲句の収録句集の『遅速』(平成三年)は龍太の第十句集。この後平成四年七十二歳のときに、「雲母」九百号を以て龍太は俳壇から引退することになる。

龍太の俳句の中で、〈一月の川一月の谷の中〉のシンプルな冬の景が一方の極にあるとすれば、掲句は反対の極すなわち生命の躍動感あふれる一句である。その振幅の中に、龍太の一生涯の句業はあった。

## 魞竹をがらがら落す蓬かな

石田《いしだ》勝彦《かつひこ》（大正九年〜平成一六年）

『百千』（平成元年）所収。琵琶湖での作。魞《えり》とは水中に竹と簾を立てて、魚をおびき寄せ、行き止りにして網で魚を捕る装置で、早春の季語である。

今年も魞を挿すためにたくさんの竹を運んできて、水辺へ荷を下ろしている。がらがらと大きな音をたてているのだから、抱えて下ろすのではなくて、文字どおり「落として」いるのである。斜面にでもなっているのか、竹と竹とがぶつかって、思わぬ大きな音をたてる。魞は俳人好みの風物で、わざわざ吟行して見物したりもするのに、準備の作業そのものは風流でもなんでもなかったのだろう。そんな心持ちが「がらがら」という直接的な表現にあらわれている。

そして、蓬。作者は蓬の上に、とは書いていないが、この句は蓬のやわらかさと竹の固さの質感の対比が眼目であるから、竹は蓬の上へ落とされているのだろう。だからこそ、ががらがらという乱暴な音が生きる。作者の主観などどこにも入っていない事実そのままの写生のようでいて、実際の景からポイントだけが掬い取られている。竹のたてる硬質な乾いた音と柔らかく湿った蓬の質感のふたつだけが、切り取られて、他の一切が省略されているのである。作者は石田波郷主宰「鶴」の出身。亡き妻いづみも俳人。後に登場する石田郷子は息女である。

冬の暮しばらくもののよく見えて　　石田いづみ

# 長き夜の楽器かたまりゐて鳴らず

伊丹三樹彦《いたみみきひこ》（大正九年〜令和元年）

『仏恋』（昭和五〇年）所収。たとえば学校の音楽室のようなところに楽器が保管されている場面。それとも演奏が終わって、片づけられる前の楽器がとりあえず舞台にまとめて置かれてある場面。いうまでもなく楽器は人が演奏しなくては音を出さないので、そこにある楽器たちは無音である。

弦に触れれば、あるいはちょっと息を吹き込めば、鍵盤を叩けば、すぐにでも鳴り出す敏感な楽器が、触れる人もなくかたまって置かれている。その音の予感と、裏腹な静けさ。楽器を演奏すべき大勢の人の気配と、裏腹な無人の舞台。その対比がこの句の表わすものである。

作者は昭和十二年、十七歳のときに日野草城の「旗艦」によって俳句を作り始めた。「旗艦」は新興俳句運動の拠点ともなった俳誌であるが、京大事件に伴って弾圧の色が濃くなるにつれ草城が表舞台から引退し、昭和十六年に終刊した。その草城を擁して戦後、昭和二十四年に創刊したのが「青玄」で、三樹彦は編集長となり、草城没後は主宰となって現在に至っている。青玄とは青空の意である。三樹彦が主宰となってからの「青玄」は、五・七・五の区切りを一字開ける分かち書きを実施。現代語を働かせ、季を超える俳句を目指し、その風通しのよさから、多くの関西の若手が育った。

## 降誕祭讃へて神を二人称

津田清子《つだきよこ》（大正九年〜平成二七年）

『二人称』（昭和四八年）所収。この句は、昭和三十四年刊行の処女句集『礼拝』の、

虹二重神も恋愛したまへり

を思い出させる。こちらは昭和二十四年の作で、このとき作者は二十九歳、俳句を始めてまだ二年ほどの句である。神を詠みながらも、いずれの句も畏怖よりは、親しく屈託なく神のふところで遊ぶような趣がある。神田秀夫は『二人称』の月報で、作者を称して、山口誓子を俳句の上の父として、橋本多佳子を母として生まれた「天狼」の長女と表現しているが、戦後待ちかねたように勢いを増していた俳句熱のただ中、誓子の「天狼」と、多佳子の「七曜」の創刊（ともに昭和二三年）に居合わせた、恵まれたスタートであった。

多佳子は『礼拝』の跋文に、「私は自分の句作第一歩に杉田久女がゐたことを幸福だと思ってゐる。久女は私に俳句の怖るべきことを教へ、それを私に身を以つて示した。私もそれを清子さんにつたへようとした」と書いている。一方清子はそのころのことを、「山口誓子という若き父と、橋本多佳子という若き母が両端に立って、幼児の私の走るのを見守って下さった」、だから俳句が恐くなかったという。俳句の怖るべきことを知った上でしかも怖れないこと。神を詠んだふたつの句にはそれがよく表われている。

## 栗甘くわれら土蜘蛛族の裔　津田清子

『葛ごろも』（昭和六三年）所収。土蜘蛛族は伝説で大和朝廷に服従しなかった土着の民のことである。自分はその裔《すえ》であるという。もちろんそんなことが判別されるはずもないが、しかし確かに和歌の雅に対して、俳諧の精神とは土蜘蛛族の側にあるといえるかもしれない。支配者よりは被支配者に、強い者よりは弱い者に、偉い人よりは偉くない人に、人間よりは動物に肩入れをするのが津田清子なのである。

もっとあからさまに詠んだ〈泳ぎ子よ大臣などになる勿れ〉や〈青堤ブルドーザーよ何為に来た〉などの率直さにはむしろユーモアの要素さえあるほどだが、

進化なき幾世紀経て木のぼる蛇

に見られるように、その後ろには文明を見つめる静かな眼差しがある。

栗を甘いと好んで食べるわれわれは縄文の民。質素にたくましく、自然の恵みを受けて、何千年も暮らしてきた。この明るい自信が作者の句の力強さの源である。『礼拝』には、

刹那刹那に生く焚火には両手出し

という句もあるが、刹那に生きるという思想は、近代の進歩至上主義とは相容れないものである。刹那に生きるとは、リアルな今を充填する庶民の生命力にほかならない。

# α《アルファー》β《ベーター》γ《ガンマー》緑野の鴉　津田清子

『七重』（平成三年）所収。緑の草に覆われた野原で、何を見つけたのか鴉が騒ぎつつ飛び交っている。黒い翼を広げて一羽が飛び立つかと思えば、一羽が舞い降りる。α、β、γの文字のそれぞれの線が、鴉の斜めに飛び立つ胴体や、大きな翼の姿をそのまま、まるで象形文字のように表わしている。

色彩の対比もまた鮮やか。一面の野の緑に、光沢のある鴉の黒。鴉の羽の光沢のせいで、野の緑までが同様に照って感じられるようだ。それにしても奇抜な比喩であり、破調である。リズムは強いていえば、四・四・四・四・四・三だろうか。

七十年一日沙羅の花一日

るす番の雀よ薔薇よお悧口さん

チョウザメの春浮袋とり替へねば

これらの句もリズムが自由であって、しかも定型感は失われていない。俳句はこんなに自由に作っていいものなのだった。私の好きな津田清子の言葉に、「俳句は口から出まかせ」というのがあって、もちろん真に受けるわけではないが、名言だと思う。自由に作るということは思うほど簡単ではない。

## 無方無時無距離砂漠の夜が明けて　津田清子

句集『無方』(平成一一年)所収。この砂漠はアフリカのナミブ砂漠。作者がそこへ行ったのは七十二歳のときだというから、恐るべき行動力である。無方とは『荘子』秋水篇にある言葉で、「人間の言語や思考で方向づけることのできない無限定の世界」のこと。

方角も時間も距離もない無限定の砂漠。その真中に作者は立っている。どこに立っても真中なのだ。自分の存在までが消えてしまいそうな、ただ漠とした砂の広がりである。私はこの句を次の句と対で読むのを常とする。

砂漠に立つ正真正銘津田清子

こちらの句は、無方無時とは対照的に、砂漠の真中に立つ自分の存在だけを確かなものとしてとらえている。自意識を消すことと、自分を強く意識することという矛盾するふたつの認識のしかたが実は同じことなのだと、このふたつの句は言っているように思われる。人は自分自身の存在を通じてしか普遍と繋がることはできない。

津田清子はもともと筋金入りの有季定型派であるが、砂漠詠はほとんどが無季俳句であった。それもことさらに無季というのではなく、無季にも有季にも頓着しないといった感じで、そこがいかにもこの作者らしい。

## はじめての雪闇に降り闇にやむ

野澤節子《のざわせつこ》（大正九年〜平成七年）

『花季』（昭和四一年）所収。作者の処女句集『未明音』（昭和三〇年）には、

　われ病めり今宵一匹の蜘蛛も宥さず
　冬の日や臥して見あぐる琴の丈
　春曙何すべくして目覚めけむ
　春燈にひとりの奈落ありて坐す

など、若くして病臥する身を、丈高く、清らかに詠んだ佳句がある。脊椎カリエスによる二十四年間におよぶ闘病。その間に俳句と出会い大野林火に師事した。後に完全治癒し、昭和四十六年に主宰誌「蘭」を起こす。『未明音』には、

　天地の息合ひて激し雪降らす

という句もあるが、闘病中の雪は激しいものとして詠まれ、治癒の後の掲句が静かであるのも興味深い。しかしいずれも濁りのない純粋な句風であることには変わりがない。

　その冬初めての雪が、夜になってから降り始め、そして夜のうちにやんだ。雪の降るかすかな、音ともいえぬ音が、夜をますます静かなものにする。作者は生涯最後の句にも雪を詠んだ。「絶句」と前書のあるその句は、〈牡丹雪しばらく息をつがぬまま〉であった。

## 天日も鬣吹かれ冬怒濤　野澤節子

『鳳蝶』（昭和四九年）所収。伊良湖岬での作。「恋路が浜にあとからあとから白濤が吹き寄せ、奔馬の鬣のような壮観なながめであった。天上の冬日もその風に白々となびいて、天馬というイメージが私をとらえて離さなかった」と自解する。大自然から受けた感動を、真正面から詠んだ堂々たる句である。

鬣《たてがみ》という比喩は、砕けては吹き飛ばされる白い波頭から発したものだろうが、それが天の太陽にまでおよぶところに、作者の風景との能動的な一体化が感じられる。自解ではさりげなく書いてあるが、天日が「吹かれ」て白々と風になびくという感受は平凡ではない。風景にのめり込み、言葉が思考によらず直感的に発せられたとき、作者の思惑を超えて、鬣の比喩が天日を含むスケールにまで拡大されたのではないかと推測する。つまりここで表現が度を超したのである。このような野性的な感受は、女性、しかも感覚的な女性に特徴的であるように思われる。これは俳句の特性とされる俳諧性や客観性とは全く違う自然へのアプローチであって、むしろ主観的だ。森羅万象を外から見るのではなく、森羅万象のふところへもぐりこんで、それと一つになった恍惚感の中で詠んでいる。私が女性を自然の精気の良導体だと思うのはこんな俳句を読んだときである。

## 塵泥《ちりひじ》の翳《かげ》きはまれる良夜かな

眞鍋呉夫《まなべくれお》（大正九年〜平成二四年）

散文集『夢みる力』（平成一〇年）後書より。中秋の名月の明らかな夜、皓皓と照る月を見上げていた作者はふと足下に目を移し、そこの土くれがくっきりと自らの影を作っているのに心を動かされた。辞書によると、塵泥、チリヒジとは古語で、文字どおり塵や泥をさすと同時に、わが身を取るに足りないものに譬えた使い方もするようだから、この影には自分の影も含まれているのかもしれない。物質として在るものだけが影を作る。肉体としての自分も、足下の土くれも、同じ今夜の満月に照らされて影を作っている、という感慨。月は今し、中天にさしかかっているのだろう。極まる、という言い方からそんなことまでが想像される。

現代は塵という語をあまり美しく使わないが、塵は微細なるがゆえに形而上的な印象を与える言葉である。手元に数の単位を記したものがあるが、それによると、「塵」は十のマイナス九乗の単位である。一、分、厘、毛、糸、忽、微、繊、沙、塵。マイナス方向はやがて「空虚」となり、マイナス二十一乗では「清浄」となる。「塵」は空虚や清浄へ至る概念の匂いをまとった言葉なのだ。

一方「泥」もまた、われわれもいつかそれへ帰するところの基本的物質。私はこの句によって、「ちりひじ」という言葉の美しさに気づかされた。

## 柔かき海の半球クリスマス

三橋敏雄《みつはしとしお》（大正九年〜平成一三年）

『まぼろしの鱶』（昭和四一年）所収。作者は戦後まもなくから三十年近く、運輸省航海訓練所の練習船事務長として黒潮丸、日本丸、北斗丸、大成丸、銀河丸などに乗った。そうであればこの句は、われわれが地球儀を見て知識として知っているだけの、青い南半球とはまた違った、実際にやわらかくうねる海原の感覚を基としていよう。作者が南半球にいるのなら、このクリスマスは暑い夏のクリスマスなのである。クリスマスは歳時記では冬の季語だが、この句は夏の句なのだ。こういったちょっとずらした季語の使い方には、有季定型墨守派へのかすかな皮肉がありはしないか。夏のクリスマスだってありますよ、という。

三橋敏雄は新興俳句運動に触発されて俳句を始めた一人であり、渡辺白泉、西東三鬼を師とする。『まぼろしの鱶』にはごく初期の作も収められており、

かもめ来よ天金の書をひらくたび
春野面《づら》見れば蟲さへ幼しや
冬の日の葬列天へ短かかりき

は十代の作。一句目こそ青春性あふれる句であるが、二句目など後年の作といっても通用するくらいの早熟さである。

# くび垂れて飲む水広し夏ゆふべ

三橋敏雄

『眞神』（昭和四八年）所収。「くび垂れて」の垂直の動きが、「飲む水広し」で水平に受け止められる、まずその十字を切るような構図が印象深い。

馬や鹿などの四つ足動物の首ならばまだしも、人が短い首を「垂れる」という言い方にはやや誇張がある。正確には首を差しのべるといった感じであろう。そのかすかな違和の感じのせいで、私は「くび垂れて」にこだわってみたくなるのだが、こだわろうとして、それが作者の意図ではないかと気づく。この作者に限っては、計算することなく置かれた言葉など、助詞一字とてないと思われるからだ。

首を垂れるという言葉の持つ、静かな悲しみや恭順、敬虔の雰囲気を、作者は水を飲むという行為のうちに込めたかったのではないか。

生きとし生けるものは水を飲む。生命を維持するために飲む真水は、たちまち血液や体液や細胞内の水分となる。われわれは水分を湛えた袋のようなものだ。

さらに、そのために首を垂らし、口をつける水が「広い」という認識には大きな安らぎが感じられる。夏の夕べ、火照った体に水分を補給して、日暮とともに寝に就く生き物としての幸福。配された「夏ゆうべ」という季語のニュートラルさが、この句を真水の味わいにしている。

# 長濤を以て音なし夏の海　三橋敏雄

最初私はこの句を海岸から見た海の句として解釈していた。長濤とは幅も奥行きもある大きい波のことだろう、それが妙にしんとして音がないのだと。放心したときに無音の錯覚に陥ることはよくあるし、波がずっと遠くの沖にあれば、その波は音もなく押し寄せてくるように思われるかもしれない。しかし掲句を未刊句集『長濤』として収めた立風書房版『三橋敏雄全句集』（昭和五七年、『長濤』はその後平成五年に第八句集として刊行）の後記には次のような記述がある。「句集名の『長濤』は所謂うねり。其場所の風等によつて直接起こされたものではない波、の意を表す」。つまり「長濤」は波頭の立つような波ではなく、渺茫萬里の夏の外洋を恐ろしい底力をもって押し上げながら過ぎる海の内部そのものなのである。

どこかで見た長濤の語が実は今海洋辞典にも見つからないのだとも作者は書いているが、私はあるとき津波のくわしい定義を読んでいて、ここに使われている「長濤」は津波に似ていると思った。津波は大洋上では波長が百キロメートルにもおよび、そのわりには高さの低い波で、乗組員は気づかないことさえあるという。津波以外にはそれほど長い波長の波は存在しない。一見平穏な海原の下を、音なく移動してゆく大きな力。長濤を津波とする解釈はないが、少なくともこの句にはそのイメージがあると、私は密かに独断している。

# 戰争と疊の上の團扇《うちわ》かな　三橋敏雄

『疊の上』（昭和六三年）所収。俳句は社会的な事件や思想を詠むのに適さないと考えるのが普通になっている。世の中で何が起ころうと、自然や日常を詠むというのもひとつの見識だし、そこに世の出来事を超えた本質を盛り込むことも可能だ。社会事象を詠むことが短い俳句にとってむずかしいのも事実。しかしそれにも関わらず三橋敏雄は戦争を詠み続ける。

青春の日々がいくつもの戦争に明け暮れたこと、多くの戦死した友がいること、戦後も南方で戦没者の遺骨収集に従事したこと、ことに師の渡辺白泉と西東三鬼がともに昭和十五年に新興俳句弾圧事件で圧力を受けたことなどが契機となっているだろう。生き残りの自分の句を、戦死した友がどう思うかを常に考える、と作者はインタビューで語っている。

掲句、戦争は物のように団扇とともに一句の中に置かれているだけである。しかし戦争という国家と人を巻き込んで生死を分ける巨大な力に対して、団扇といういかにも取るに足りない、実際に軽くもあるものをまるで等価のもののように並置していることに、すでに作者の意図は表わされている。畳の上の団扇は平穏な生活の象徴である。そこで昼寝をしているべき人は今はどこにいるのか。「畳の上」という語からは、さらに「畳の上で死ぬ」という、尋常な死に方の表現が連想される。

# 手をあげて此世の友は來りけり　　三橋敏雄

時期が前後するが『巡禮』（昭和五四年）所収の作。単なる無常の思いのほかに、この句にも戦争の影は濃いので、「畳の上」の句の後に読んでみたかったのである。

あの世の友はもう来ようがないので、手をあげて来るのはこの世の友なのである。そこに深い無念と鎮魂の思いを込めながらも、この句がわれわれにもたらすのは、むしろ明るい印象だ。輝く陽光を白いシャツに受けて、「やあ」と笑顔の友が来る。ともに戦争を生き延びてきたなつかしい友。この、根本にある向日性と揺るぎない批判の精神こそ、三橋敏雄の俳句の両輪である。三橋の時代批判は、確かであってしかも暗さがない。

戦争に関する句は『疊の上』と、次の句集『しだらでん』（平成八年）にかけて特に多く、主な句を記してみると、〈戰爭にたかる無數の蠅しづか〉〈あやまちはくりかへします秋の暮〉〈女子挺身隊員たりし諸姉秋の暮〉〈長き長き戰中戰後大櫻〉〈當日集合全國戰歿者之生靈〉〈戰歿者どち終戰を相知らず〉〈こちら日本戰火に弱し春の月〉〈敗戰日の午前短し午後長し〉〈帝國の昔路上に兩手つき〉〈はづかしき昭和戰史や殘花餘花〉〈二つ目の原爆の日も過ぎにけり〉〈秋の字に永久《とわ》に棲む火やきのこ雲〉〈立ちあがる直射日光被爆者忌〉などなど。戦争を知る世代がだんだん減っていくとの思いが、これだけの句を詠ませている。

## 死に消えてひろごる君や夏の空　　三橋敏雄

『疊の上』所収。「君」とは、昭和五十八年に六十歳で他界した高柳重信のことのようだ。作者は高柳の「俳句評論」に参加してもいたし、高柳と三橋はいっとき一緒に銭湯に行くほど近くに住んだことがあるという。追悼句としてはきわめて明るい印象である。目の前にいた君の肉体は消えてしまったけれども、君はいなくなったのではない。広がってあまねくゆきわたる普遍的な光と化したのである。

「死に消えて」と動詞を繋げて造語のような使い方をしたこと、死者に「君」と親しい呼び方をしていることが、この句の明るさの源であるが、三橋敏雄の明るさや軽さは、その声調のせいで力強く、しかもその下に確固とした重さ深さがあってのこととはっきりわかる意識的な書き方であって、いわば醸された強い酒の上澄みのような印象を受ける。

高柳個人への追悼句であることを離れて、この句の持つ死生観にだけ焦点を当てれば、次の句が対のように思い浮かぶ。

まだ生れざる生物よ初霞

死んだ者は広がってあまねき存在となり、一方まだ生まれていない生物の生命も、すでにどこかに存在として在る、という生命観。そのふたつは同じものではないのだろうか。

# 海へ去る水はるかなり金魚玉

三橋敏雄

『疊の上』所収。すべての水は低い方へ低い方へと流れ、海へと去ってゆく。その途中で金魚玉に閉じ込められてしまった球体の水。去るものととどまるものとの対比。海へと流れ去る水はとどまることを知らず、もうはるか彼方である。金魚玉は夏の季語で、金魚鉢とは違い、もっとまん丸く薄いガラスの玉であって、金魚を入れて吊るして見るものである。この句はそんな宙吊りの球体の水だからこそ、構図として面白い。

普通に考えれば、海は水の旅の終点である。そこから先をわれわれは想像しない。しかし三橋敏雄の句であれば、水の終点としての海の向こうにさらに沖を、さらに外洋の広がりを想像するのも可能である。「はるか」という語がそれを促す。

思はざれば外海は無し呼子鳥

ということは逆に言えば、思えば外海はある、ということでもある。この句にならって沖の、さらに外海を思えば、そこには丸い水平線が見えてこないか。

作者が海と言うとき、そこには具体的な地球規模の海のイメージがつきまとう。だからいっそう、ささやかなガラスに閉じ込められた真水の玉、そこに泳ぐ可憐な金魚がこの上なくなつかしいものに思われるのである。

# 待つとなき天變地異や握飯

三橋敏雄

『疊の上』所収。「待つとなき」とは結局のところ、「待つ」ということである。天変地異は地球にとっては自然な変化なのだから、必ず起こる。自分の身にだけは被害のふりかからないことをなぜか理由もなく信じて、人はそれを待つ。掲句の制作は昭和六十二年であるが、この後平成七年一月十七日に阪神淡路大震災が起こった。そのとき作者は次の句を詠んでいる。

地震國日本お粗末寒満月

坐して待つ次なる大震火災此處

あの前夜は満月であった。有効な対策も取られないまま燃え続ける町の映像がテレビに写し出された残酷さを思い出す。あのとき誰もが、燃えているあの場所に自分が居たら、と考えた。末尾に置かれた「此處」はそのような感慨の結果であろう。天変地異は「どこか」で起こるものではなく、「ここ」で起こるものなのだと。掲句、有季派ならば下五に季語を持ってくるところである。しかしこの「握飯」の動かし難さはどうだろうか。有季厳守は高浜虚子以降の習慣であって、正岡子規は雑の句も俳句に含めていたというのが作者の持論。作者の無季俳句の中で最も知られているのは、『青の中』（昭和五二年）所収の次の句であろう。

いつせいに柱の燃ゆる都かな

# 石段のはじめは地べた秋祭

三橋敏雄

『しだらでん』（平成八年）所収。下五が「秋祭」なので、神社の境内へと上がる石段なのだろう。その石段の一段目を上るべく立ったところが、土のままの地べたであったという。そんな石段はよくあるが、それをこんなふうにわざわざ詠んだ俳句は他に知らない。

土とも、泥とも違う、地べたという言葉の親しい響き。よく踏み固められてなめらかな地面の感触が足裏に甦るようだ。それほど大きくない、地元の鎮守の神様といった規模の社なのだろう。その地べたは村の田圃とひと続きの大地である。人は古から土に生い茂るものを食べて生き、秋になれば五穀の神にこうして感謝を捧げてきた。作者には、

土は土に隠れて深し冬日向

踏めば泥踏まねば土や春の雨

という句もあって、土については思い入れが深いのである。それもたぶん作者が長いあいだ船に乗っていたことと無関係ではない。ところで、この句を私は作者が石段の下にいるものと思いこんでいたが、石段の上から見ていると解釈する人もいるようだ。見方というのは人それぞれである。因に句集名の「しだらでん」とは、大風雨、大風大雨のことで、この集に〈みづから遺る石斧石鏃しだらでん〉を収めている。

## 山深く隠るる山やほととぎす

三橋敏雄

句集未収録。いつだったか、俳人たるもの雪月花の代表句に加えて鶯と時鳥それに紅葉の代表句は持たなくてはならぬ、と作者から聞いた。新興俳句の系譜をまっすぐに継ぎ、無季俳句の可能性を試し続けてきた作者の言葉として興味深かった。ここでは鳥の句だけを挙げると、三橋の時鳥の代表句といえば掲句、鶯といえば、

うぐひすや空気ゆたかに裾濃なる

であろうか。掲句、種田山頭火の〈分け入つても分け入つても青い山〉を思わせるような、重畳たる山のありさまである。見えている限りの山々の重なりの奥に、さらにここからは見えない山々があるという想像には、自然のふところの深さに対する信頼がある。この句の山々はどこまで分け入っても、向こうへ突き抜けてしまうことがない。山の句といえば、

むささびや大きくなりし夜の山

山山の傷は縦傷夏来る

も忘れがたい。三橋の句はいわれてみれば当たり前だけれども、誰も気づかず、言いもしなかったことを正確に表現したものが多い。曖昧なところは微塵もないのに膨らみがあり、批判精神に富んでいるのに肯定的。古典的な重厚さと現代性といった相反する要素が同居している。

3

〔大正一〇年～大正一五年〕

## これ着ると梟が啼くめくら縞

飯島晴子《いいじまはるこ》（大正一〇年～平成一二年）

『蕨手』（昭和四七年）所収。本書（『現代秀句』）はだいたい昭和三十年代後半から現在にいたるまでの俳句を対象にしているが、飯島晴子こそはその時期に作句活動を始め、活動を終え、生涯までも閉じてしまった作家である。

飯島が俳句を始めたのは昭和三十四年のこと。馬酔木句会の指導をしていた能村登四郎の手ほどきによる。「馬酔木」に投句ののち、昭和三十九年「馬酔木」から独立した藤田湘子に従って「鷹」により、平成十二年に自らの命を断つまで、実作に評論に活躍を続けた。その時代はちょうど高度経済成長からバブル経済、そしてバブル崩壊の時期と重なり、家庭の電化とともに女性がカルチャーセンターなどを通じて多く俳句に参入した、いわゆる俳句ブームの時代でもあった。

めくら縞とは辞書によると、縦横ともに紺の綿糸で織った布、紺無地のこととあるが、私の周辺の昔を知る人に聞いた限りでは、ごく細かな縞の地味な着物を言うようである。老人の着るものであり、着古したものを丹前にしたりもする。この句の持つどことはない重たさは、そのようなものを着、夜は梟が鳴くような時代の持つ重たさである。しかしそれはけして鬱陶しいものではなく、なつかしい昔の日本の重さであり、湿り気なのだ。

## さるすべりしろばなちらす夢違ひ　飯島晴子

『朱田』（昭和五一年）。作者自身はこの句を、なんの意味もない奇麗な模様のような句と自註に書いているが、上五中七を全部ひら仮名にしたために、確かにあの細かな縮緬皺のある白い花弁が画面いっぱいに散らばっているような印象を受ける。十二文字のひら仮名のなかに、サ行が四音。ラ行が四音。そこに何とはない音の統一感があり、二音の濁音がアクセントになっている。

もちろん問題なのは「夢違ひ」という下五であって、この句は全体が、「夢違ひ」という言葉のもたらす凶夢のイメージを具体化したものだともいえる。夢違いとは、悪い夢を見たときに正夢にならないようにする呪いのこと、あるいはそのための御札をいう。しかしこの句の呼び起こす凶夢のイメージにはまがまがしさはなく、むしろ華やかだ。

作者によると、白い百日紅は住まいの台所の窓近くに、親しくあったもののようで、朝夕に身辺で見続けた花のようすが、いつしか作者の体を通って、抽象的な言葉として現れ出たのだろう。米を研ぎながら見た花が、やがて「夢違ひ」という言葉と結びつく回路こそがスリリングだ。私はそこにさらに法隆寺の夢違観音像の姿を重ね、斑鳩の里に咲き散っているかもしれない白百日紅を想像してこの句を楽しむのが常である。

## 孔子一行衣服で赭い梨を拭き　飯島晴子

『朱田』所収。この句に私たちが感じる面白さには、孔子一行が梨を拭いて食べるという情景そのものへの興味と同時に、作者の頭にどのようにこんな場面が浮かぶのかという興味が含まれる。私は俳句を味わうとき、なるべく作者の自註や人の解釈などを気にせず、自分の読みたいように読むことを心がけるが、こういった句は発想の端緒も作品のうちである。つまりこの句は、俳句の締め切りの迫ったあるとき、作者が世界地図を広げて発想を促した結果生まれた句だという自註も含めて飯島晴子的である。

世界地図を広げたからといって、誰の目にも孔子の一行が浮かぶわけではないが、しかし飯島晴子といえども、世界地図を開かなければ、孔子一行が現れることはなかった。

わが末子《ばっし》立つ冬麗のギリシヤの市場

この風変わりな句も市場という語の題詠で、このときも日本の市場ではなく外国の市場にしようと、ペルシャ、アラブ、トルコと次々に考えたと書いている。このふたつの句を見る限り、飛躍した発想をしっかりと俳句的に定着させているのは赭い梨であり、冬麗という季語である。私は鑑賞する立場としては必ずしも有季墨守派ではないが、飯島の句においては、飛躍する発想と季語の間の漲る緊張に、魅力のひとつの源がある。

## 天網は冬の菫の匂かな　飯島晴子

『朱田』所収。老子の言葉「天網恢恢疎にして漏らさず」の、天の網は広く粗いようだが悪事を見逃すことはないという本来の道徳的意味を無視した形で、天網という言葉を詩的に仕立て直した。

私はこの句をずっと、天網に匂いがあるとすれば冬の菫の匂いである、という意味に解していたが、作者の意図は、天網イコール冬の菫の匂いというつもりであったようである。「冬の菫の匂は、うすくうすく、こまかい網となって天にひろがる。天に張った、目には見えないこまかい網は、冬の菫の匂と置き換えても不都合ないくらい、互いに似ている」と、作者は書いている。さらにこの句はもともと「心中天の網島」という言葉から発想したのであり、この句の後ろにはその言葉が騙し絵のように隠されているのだとも。

しかし掲句からそこまで読み取ることは普通はむずかしいし、天網イコール冬の菫の匂いという作者の意図より、私は自分の解釈、即ち、天網は冬の菫の匂いがする、という解釈にこだわりたい。あるとも思えない冬の菫の匂いだからこそ、読者は真空に引っ張り込まれるように、一句のうちに引き寄せられ、架空の網の匂いが冬菫の匂いだと納得させられてしまう。天網に匂いがあるという断定自体がこの句の眼目であると私は考える。

# 恋ともちがふ紅葉の岸をともにして　飯島晴子

『八頭』（昭和六〇年）所収。正岡子規による俳句の近代化は、それまで連句の一部であった発句を脇句以下から切り離して個人的な表現にした。以後の百年は個性追求の時代であったといっても過言ではない。しかしこの極端に短い形式において、誰もしないような発想や表現を追求し続ければ、やがてラクダが針の穴を通るようなむずかしいことになるのは当然で、私は飯島晴子の俳句を読んでいると、ときに息苦しく痛ましい気がしてしまう。

作者自身、死の直前の雑誌インタビューで、もっと楽天的に俳句を作っていてもよかったのではないかと自らを振り返り、「俳人たるもの楽天家であったほうがずっと楽じゃないかと思うんです」と語っていたのが印象的であった。そんな中で、掲句は言葉の働きや発想の特異さに関係なく、意味内容そのものが人を惹きつける平明な句だ。

こうした気分の異性の友人に恵まれることは誰にも確かにあるし、年を重ねればなおさらそうであろう。「恋ともちがふ」と思うからには、その前に「恋かもしれぬ」と思ったわけで、やはりこれは正真正銘恋の句というべきである。しかしそこを「恋ともちがふ」と否定語を以てするところが飯島晴子であり、また実際俳句においては、極端な短さのために、恋とはこのように反語的にしか詠めないとも言える。

## 八頭いづこより刃を入るるとも　飯島晴子

『八頭』所収。大きないくつかの塊がくっついているような八頭を俎板の上に置いて、さてどう切ったものかと包丁を構えて眺めている図である。台所仕事をする人ならば誰でも覚えがある。しかし掲句は男性からの世評も高いから、八頭を切ったことがなくてもわかる面白さがこの句にはあるのだ。

八頭が八岐大蛇を連想させるということも理由のひとつだろうが、私は下五の「入るるとも」のニュアンスの微妙さゆえにこの句は味わいが深いと感じる。「入るるとも」の後に省略されているのはどんな言葉だろうか。どこから刃を入れようと同じ、ということか。それだけではない、女の言葉にならない気分がこの句を後ろから支えているように思われる。「いづこより」というやや大げさな言い方にも、それはある。

高浜虚子は大正二年に「ホトトギス」誌上に台所雑詠として女性だけの欄を設けた。俎板、芋、包丁などを題としたこの欄から女性の俳句参加は始まったのだった。女性が句会に出ることもなかった大正二年当時も、女たちは台所で八頭を俎板に据えて、「さて」と一瞬思案したことだろう。それから掲句までの年月、女性の立場は大きな変化もしたし、変化しなかった部分もある。それがこの句にはさりげなく表われている。

## 寒晴やあはれ舞妓の背の高き　飯島晴子

『寒晴』（平成二年）所収。こうして見てくると、飯島晴子は、俳句にならないことならないことと選んで句にしているようなところがあるようだ。

舞妓は何人かいたことだろうが、作者はその中の背の高い一人に目をつけた。「あはれ」には感嘆、親愛、同情などの意味合いがすべて含まれるが、この句の場合は同情だったのだろう。背が高く手足が長ければバレエには向くだろうが、舞妓に向いているとはいえないにちがいない。特に何人かで並んで踊るときには。

その舞妓の哀しみといえば大げさになるかもしれないほどの哀しみを、作者は違和感として感じ取り、そしてそれから目をそむけることなく見据える。

「寒晴や」という丈高く明るい季語のせいで、すぐ次にくる「あはれ」は「あっぱれ」にも似たニュアンスが感じられるように言葉が斡旋されている。作者は背の高い舞妓を弁護したかったのかもしれない。

頭ひとつ抽んでた舞妓は、飯島晴子自身ではなかったかという穿った見方もできる。肉体的にではなく、精神的に、頭ひとつ抽んでた、身ぶり手ぶりも目立ってしまうしんどさのようなものを、作者は抱えていたともいえるだろう。

# ほんだはら潰し尽くしてからなら退《の》く　飯島晴子

遺句集『平日』（平成一三年）所収。この句と同時発表の句に、

磯 海 女 と ず っ と 一 緒 に 国 道 行 く

があり、両方とも下五が一字の字余りである。調子のなめらかさを犠牲にして作者は何を言いたかったのか。わからなくても当時この二句の強い調子は一句の内容以上のものを読む者に押しつけずにはおかなかった。

雑誌発表からしばらくして、作者自身による掲句の背景を書いたエッセイを読んだ。それによると、俳句を作るために志摩半島へ行った作者は、海女小屋を見学していて、戻ってきた海女に「わたしらこれから営業やさかい、邪魔になるから出て行って」と言われたらしい。悔しかったが、やがて気持がおさまると、自分にしても風流でこんなことをしているのでないのであり、自分もまた「お金を払って貰えるに足る俳句をつくることで」堂々たる海女に対抗しようと思うに至って気が済んだという。作者が気圧されたのは営業という言葉であった。作者はそこに海女の誇りを見たのである。

作者の没する二年前のこのエピソードは、遺された私どもの胸にずんとこたえる。俳句といえども趣味や風流だけではだめなのだ、と作者は言っている。

## 海鼠切りもとのかたちに寄せてある　小原啄葉《おばらたくよう》（大正一〇年〜）

『遥遥』（平成一二年）所収。作者は昭和二十六年に山口青邨に師事して俳句を始めた。従って虚子の師系に連なる有季定型派であり、たとえば、同じ作者の、

水底の影も流れて桐一葉

は虚子の唱えた写生的方法の高いレベルでの成果であって、言い換えれば虚子の圏内にある。ところが掲句は、客観的に描写したという意味では写生にちがいないが、桐一葉の句のように、風景の中の一点景をその清新の風が伝わるように言葉で再現したのでもなく、人生的な感慨が込められているのでもない。しかし非常にインパクトが強い。

作者にはこの句が読者に与えるインパクトについて、意図という意図はなかったのではないかと想像する。なぜならば、読者の方でも、この句の何に衝撃を受けるのか、はっきりとはわからないからである。強いていえば非情さであるが、そればかりでもない。

いくつかに包丁で切れていても、もとの形に寄せればまるで何事もなかったかのような、海鼠という生物の原初的な形状を示しているだけである。だから哀れ、というのでもない。しかしこの句の示すものは、俳句でしか表わすことのできない内容である。どの感情にも帰着しないこの徹頭徹尾の物質性を、私は俳句のたいへん面白い一面であると思う。

# 白光の天上天下那智の滝　成田千空《なりたせんくう》（大正一〇年〜平成一九年）

那智の滝を詠んだ句といえば、

　神にまませばまこと美はし那智の滝　高浜虚子

　滝落ちて群青世界とゞろけり　水原秋櫻子

が有名であり、短歌では、

　冬山の青岸渡寺の庭にいでて風にかたむく那智の滝見ゆ　佐藤佐太郎

がすぐに思い出される。那智の滝のような名実ともに立派な滝の前では、先人の名句がじゃまをして詠みにくいものだが、千空の句はこれらに拮抗する迫力ある作だ。

掲句を収めた句集『白光』（平成九年）のあとがきによると、「白光《びゃっこう》」は浄土三部経の中の阿弥陀経の「赤色赤光白色白光《しゃくしきしゃっこうびゃくしきびゃっこう》」から取ったということだから、単なる白ではなく、天上的な輝きを表わしているのである。

天上には天上の白光があり、滝壺には轟音とともに立ち込める滝の飛沫の白い霧がある。そのふたつの白光を、那智の滝が一気に繋いでいる。まるで天上の白光が滝となって落ちているように。これだけの壮大な内容は、那智の滝でなければとても受け止めることができないにちがいない。中村草田男の流れを汲む作者らしい荘厳な立句である。

## 桜蓼たのしきこともまたあらん　藤崎久を《ふじさきひさを》（大正一〇年〜平成一一年）

作者は「ホトトギス」の流れを汲む「阿蘇」を主宰した人で、正統的な写生句を得意としたが、私が最もよく口ずさむのは掲句。桜蓼はタデ科の中では大きく、秋に桜に似た淡紅色の花が咲く。桜の一字が華やかさを添えているものの、淋しいしみじみとした句である。

掲句を収める句集『露霜』（平成一〇年）は、平成六年からの作品を収めるが、この時期作者は妻を亡くし、体調思わしくなく、人工透析を受ける日々をすごしていた。自身も平成十一年に病没。従って、掲句の「楽しきこともまたあらん」という感慨には痛切なものがある。

心楽しまぬ日々、しかし楽しいこともまたあるだろう、という。そこには希望を見い出そうとする必死の思いと、同時に静かな諦観が働いていて、読む者を癒す。作者はそれほど贅沢な望みを抱いたわけではない。ただ秋の散歩の道すがら、桜蓼の花を見つけるささやかな喜びの日を、もう一度持ちたかったのである。それにしても、たった一句を引くのに、淋しさの際立つ掲句は作者には不本意だろうか。本来の作者らしいほかの句も紹介しておきたい。

椿みな散りて山かげ残りけり
日を月のごとく映して蓮枯る、
水音のしてきしほかは依然霧

## もどりくる昭和のねずみ花火かな

小川双々子《おがわそうそうし》（大正一一年〜平成一八年）

作者は大正十一年生まれだから、作者にとっての昭和は四歳から六十六歳の時期にあたる。一方この句が雑誌「俳句」に発表されたのは平成十一年。平成も二桁になり、昭和が過去になりつつあるという感慨の中での、「もどりくる昭和のねずみ花火」なのである。

記憶の生々しさがなくなり、かといって完全な過去になったわけでもない。ねずみ花火が戻ってくるには平成十一年は絶妙のタイミングだったかもしれない。

翌十二年に西暦は二千年代に入った。時代がどんどん変化していく中で、作者にはこのとき戻ってくるねずみ花火が見えたのだ。子供のころ遊んだ花火。シュウシュウ煙を出しながら、くるくると動き回って、どこにゆくかわからないあのねずみ花火が。

それは効率と進歩に心を奪われた近代人には見えないものである。時代に押し流されながらも、仔犬のように人なつこく戻ってこようとするものへ作者の心は向かう。それが熱く素早いねずみ花火であるところに、双々子の繊細な特色がある。

終戦時には作者が二十二歳であったことを考えれば、この句に戦争への思いを重ねることも可能かもしれない。しかしやはりノスタルジーとして鑑賞してこそ膨らみのある句であり、作者の意図も、時代を惜しむ心持ちの方にあるだろう。

## 薄氷《うすらい》の吹かれて端の重なれる

深見《ふかみ》けん二《じ》（大正一一年〜）

第五句集『余光』（平成一一年）所収。作者は昭和十六年に十九歳で高浜虚子に師事、以来一貫した花鳥諷詠の実践者であり続ける。掲句も純然たる写生の句である。写生句が只事になるかならないかはむずかしいところだが、ときに掲句のような美しい俳句に出会うと、結局のところ、作者が自分の存在を完全に消し去るまでに風景と言葉の奉仕者となりきったときに、花鳥諷詠の神様は微笑むのだと了解される。

氷は冬の季語だが、薄氷といえば早春の季語で、ここで薄氷を吹き寄せている風も、冷たくはあるがどこかに春の気配を感じさせる風なのである。水が凍っているのだから気温が低いことにはちがいない。しかしどことはない早春らしさは、「吹かれて」という受身のやわらかな表現と、下五を「重なれり」としっかり終止形にせず、「重なれる」と言いさすような連体形にして言葉に浮遊性を持たせたことによって、軽さや明るさとして読者に伝わってくる。

それにしても思い切ったクローズアップのしかたである。作者はこの薄氷がどこにあるかも言っていない。吹き寄せられるくらいだから、水面はある程度の広さがあるのだろう。そのときの風景や天候、そして作者の気分のすべてを、ただ端の重なった薄氷のみに焦点を当てて言い留めている。

# 闘うて鷹のゑぐりし深雪なり

村越化石《むらこしかせき》（大正一一年〜平成二六年）

『山国抄』（昭和四九年）所収。鷹狩の鷹だろうか。野性であってもいい。二羽の鷹が獲物を奪い合ったのだろう、あるいは鷹と獲物の小動物の間で争ったのか、闘った後の雪が大きく抉れている。必死の鷹がもつれながら闘った跡の雪は、乱れるというよりは大きく抉れていて、そこに作者は鷹の闘いの思わぬ熾烈さを見たのである。

実際には野性の鷹はもちろんのこと、鷹狩も見る機会はほとんどないから、闘いの現場を見ての作ではないかもしれないが、作者は「ゑぐりし」という的確な描写の言葉をもって、読者にまで闘いのさまを想像させる。

闘う鷹は野性の生命力を、深雪は闘いも含めた自然界の神聖さを伝えるが、なんといっても痛切なのは「ゑぐりし」の語である。その言葉のもたらす切実な痛みがこの句の命である。

昭和四十三年の作であるが、このときすでに片方の目を失明していた作者は、二年後には全盲となった。時をへて、〈湯豆腐や常闇四半世紀なる〉さらに〈正座して心水澄む方へ行く〉〈生きてゐることに合掌柏餅〉などのおだやかな作をなす作者であるが、掲句のころはまだ壮年期。雪を抉るような鷹の強い生命力は、作者自身のものだったにちがいない。一句には見えること、見えないことを超越した力が籠もっている。

## 雪催ふ琴になる木となれぬ木と

神尾《かみお》久美子《くみこ》（大正一二年〜平成二六年）

『桐の木』（昭和五三年）所収。元来は笛・鼓に対して、弦楽器を総称して琴と呼んだが、ここでいう琴は箏のこと。箏になるのは桐の木である。軽くやわらかく、木目が美しく、狂いが少ない桐の木は、箏のほかにも箪笥や下駄などに作られる。句の上に桐という言葉は出てこないが、われわれの脳裏には、雪のちらつき始めた桐の木の林が見えてくるだろう。桐は十メートルにもなるので、琴にならないまわりの木々より、風景の中で抽んでて見える。

さらに、今は冬だとしても、桐といえば、初夏に咲く薄紫の花も思われて、この句はどこからどこまでやわらかな情趣がゆきわたっている。桐といわず、琴になる木と、間接的な言い方をしているために、桐の林はまるで炙り出しの絵のように、一句の中に現れてくる。

しかしこの句は桐の木だけを描いているのでもない。桐の木は琴になれないほかの木々の中に置かれているのであり、炙り出しのように現れた桐の木は、一句の終わりではまた他の木々に紛れてしまう。雪も今降っているのではなくこれから降るところ。すべてに焦点を絞ってしまわない詠み方に特徴のある句である。

句のまとう品格は先師の野見山朱鳥《のみやまあすか》ゆずりであろうか。桐は水音を聞いて育ったものが、琴にするとよい音を出すのだという。

## まなこ荒れ／たちまち／朝の／終りかな　高柳重信《たかやなぎしげのぶ》（大正一二年～昭和五八年）

『高柳重信全句集』（昭和四七年）所収。高柳重信は新興俳句の富沢赤黄男《とみざわかきお》の弟子である。昭和二十三年から「俳句評論」を出して、前衛俳句運動の中心的な存在となり、昭和四十三年からは俳句総合誌「俳句研究」の編集長となって、五十句競作などのコンクールによって新人の発掘につとめた。昭和五十八年に六十歳で没したが、重信がもっと生きていたら、今日の俳壇もまたようすが違っていたかもしれない。

客観写生による自然諷詠や境涯俳句などのいわゆる伝統派とは一線を画して、喩を駆使した意識的な言葉の構築による作句を目指し、表記的には多行書きを専らとした。掲句も実際には「／」のところで行替えした多行書きの句である。

〈身をそらす虹の／絶巓／処刑台〉〈船焼き捨てし／船長は／／泳ぐかな〉など、何事かの暗喩として読む必要のある作の中で、掲句は意味のとおりに解釈してかまわない類の句であろう。自然も人も生き生きとして、わがまなこまで澄んでいるような気のする朝もたちまちのうちに終わる。そのようなみずみずしいひとときの過ぎやすさよ。

この句から、また私は次の句を思い出す。「俳句評論」にも属した阿部青鞋の句である。

昼花火やがてこころを損じけり　阿部青鞋

## 藁塚の中にこもりて泣かむとす　寺井文子《てらいふみこ》（大正一二年～平成一二年）

『弥勒』（昭和五四年）所収。隠れごころというのは誰にでもあるらしく、飯島晴子にも、

いつまでもかくれてゐたく萩青し

があるし、僭越ながら拙句も引き合いに出せば、〈虚木綿《うつゆう》の隠《こも》れとほたるぶくろかな〉と作ったことがあるが、掲句もそうした気分の句であろう。どこに隠れるといって、藁塚の中とはまたひどく居心地がよさそうである。萩叢の中より、蛍袋の中より、もっと完全に隠れることができそうだ。しかもその中で泣くというのだ。

〈渡り鳥しづかにわたる羽に遇ふ〉〈朝桜かかはりもなき屍行く〉〈遠桜あまたの禍福たなびきぬ〉〈いづこより来てまばたくや秋の暮〉〈鳥一羽ちらつきにけり天の川〉〈昼顔の蹄のつづきゐたりけり〉など、『弥勒』に愛唱句は多いが、どの句もどこか単純な読みを拒否するようなところがある。句会で句が美しすぎると否定的に評された作者が、俳句が美しくて何が悪いのだと反論したという話もどこかで読んだ。あまり語られることのない寺井文子であるが、これも現代の俳句の可能性の最も先鋭的な部分であろう。

『弥勒』の後書きの謝辞が日野草城、神生彩史、永田耕衣、桂信子に捧げられているのを読むと、おのずから作者の立つ位置が見えてくる。

# ソース壜汚れて立てる野分かな

波多野爽波《はたのそうは》（大正一二年〜平成三年）

ソース壜などというものが俳句になるということにまず驚かされる。しかもそのソース壜は汚れているのである。それにもかかわらずこの句は俗ではないし、汚らしくも感じられない。むしろわざわざソース壜というきわめて日常的な物体にあらためて目をとめていることに、台風という非日常の気分がよく表われている。ここではソース壜もまた非日常的な空間に、独自の存在をもってさらされているのである。この句から思い出すのは次の短歌だ。

晩夏光おとろへし夕　酢は立てり一本の壜の中にて　葛原妙子

酢とソース、透明と濁り、綺麗な壜と汚れた壜。短歌と俳句の違いがうかがえて面白い対比だ。しかし両方とも食卓や台所という日常から詩を発見しているところは同じである。

掲句が対象の如何にかかわらず俳句的詩性を保っているのは、作者がひたすら視線に徹しているからだろう。ソース壜を解釈することなくただ提示している、そのせいで、物体が物体のままに一句の中に存在し、それは汚くもなければ卑俗すぎもしないのだ。

作者は高浜虚子を師とするが、これは「ホトトギス」の中でも高野素十的な作り方に近い。主観を排し、目に徹する、こうした作り方はどちらかといえば男性に多いように思われる。対象にのめり込むことの多い女性と対照的である。『一筆』（平成二年）所収。

## 夜着いて燈はみな春や嵐山　　波多野爽波

『一筆』所収。その出自からか、波多野爽波には作品や人にどことない華やかさがあった。学習院では三島由紀夫と句会の座を囲み、俳句を始めた当初から高浜虚子と面識を得て直接指導を受けている。恵まれた弟子によくあるように、俳句に対して自然体で、身辺が多忙になるとそれなりに俳句と距離を置き、第一句集『舗道の花』と第二句集『湯呑』の間は二十五年も開いている。昭和二十八年に創刊主宰した「青」も、人数を増やすようなことはなく、ずっと薄いままであった。平成三年に没する前しばらく入院したときに病床吟のなかったことを、私は不思議に思ったものだが、爽波にとって俳句はそのような切羽詰まったときに詠むものではなかったのかもしれない。

この句には爽波のいい意味でのそんな余裕が表われているように思う。一日の仕事を終えた週末、作者は列車で京都に駈けつけたのであろう。保津川の両岸の灯が朧に潤んで、来てみれば京都はもうすっかり春なのだった。どの灯も春の宴を楽しんでいるようで、その中のひとつの灯、もう始まっているかもしれない宴の灯へ自分も急ぐ。これからの一泊二日、思う存分俳句三昧の時間をすごそうと、楽しく思い設けている作者の幸福感の伝わってくる句である。都会的な感覚であり、地名のよく利いた句である。

## チューリップ花びら外れかけてをり　波多野爽波

『花神コレクション・波多野爽波』(平成四年)所収。花は散るものという先入観があれば、外れるという言葉は出てこない。作者が見たときチューリップの花弁は散りかけていたのではなく、より正確にいえば外れかけていたのである。目に徹した俳句の面白さがこの句にもある。このような句は一発勝負で成ることはむずかしく、作者は「青」の若手にも盛んに多作することを指導していた。

「どしどし句を書いてゆくことが同時にどしどし句を捨ててゆくことなのである。捨てるものが多ければ多いほど、余計なものが洗い流され、目の鱗が剥がれ心眼が澄みまさってくる。かくして対象からの『驚き』を受入れ、自然との良き出会いに恵まれ得る己れがそこに立ち現われるのである」と作者は多捨多作、写生の恩寵について述べている。

前々頁で書いたように、見ることに徹したこの方法は男性の句に多く、女性はもっと主観的に対象と向かい合いがちだ。しかし恩寵はどちらの方法の場合もやってくる。いずれの場合も、対象と言葉の仲立ちをする作者の存在が消えたときにそれはやってくるように思われる。掲句の表わしているのは咲いているのでも、散っているのでもない、その中間の花の姿である。作者はそこに美を見出したわけではない。ただ驚いてそれを言い留めたのだ。

## 滝となる前のしづけさ藤映す　鷲谷七菜子《わしたにななこ》（大正一二年〜平成三〇年）

『銃身』（昭和四四年）所収。水面とは乱れやすいもの。ところがこの水は藤の花が映るほどにまっ平らとなって滝口へと進んでいる。滝口では流れてきた水の厚みのままに、なめらかな水面がふいにアーチをなして落ち込み、透明な水の厚みはいきなり宙に浮いて砕け散る。水はその瞬間まで全く静かな水として、垂直に花房を垂らす重たげな藤の花の下をゆくのだ。一字目にある「滝」の語はすでに轟音を内包しているので、この句は最初に轟いた音が、一句を読み進むにつれ時を遡行して無音になっていく印象を与える。

状況は全く違うが、この句は次の句に似ている。

火の迫るとき枯草の閑かさよ　橋閒石

次の瞬間というものがなく、常に現在の瞬間、瞬間しか存在しない自然界とはそういうものであろう。滝はやがて、滝の句としては最も有名な、

滝の上に水現れて落ちにけり　後藤夜半

の句そのままに、引力に身をまかせるのである。七菜子の師山口草堂にも次のような厳しい滝の句があり、掲句のみずみずしさと対照的である。

涸瀧の巌にからみて落つるかな　山口草堂

# 永劫と刹那を愛し草を刈り　　和田悟朗《わだごろう》（大正一二年～平成二七年）

作者は俳誌「白燕」の主宰であるが、同誌を創刊した橋閒石は「連句における平句は平面であり、発句は立体である」と言った。発句には〈切れ〉があるために、思わぬ飛躍が可能で、飛躍によって取り込まれる世界の立体性、重層性が、脇句以下の世界の豊かさを触発するのだ。「永劫と刹那を愛し」がいきなり日常的な「草を刈り」と結びついて不思議でないのも、ふたつのフレーズの間の切れのせいである。この飛躍こそ俳句の快感であろう。この飛躍によって、永劫と刹那という非日常的な概念が、草を刈るという日常性と結びつき、身近なものとなる。

また、下五を「草を刈る」と終止形にせず、「愛し」「刈り」とともに連用形で流すことで、「永劫と刹那」を愛することと「草を刈」ることが同列に並べられているのも面白い。「愛し」と「刈り」のふたつの連用形は、草がなびくような印象も与えている。

この句を収めた『坐忘』（平成一三年）には時間がテーマになっている句がとても多い。〈只今を突き抜けてくるつばくらめ〉〈時間とは水にも火にも透き通る〉〈凍る時間融くる時間や龍巻来〉などなど。時間は科学者である作者の大きな興味の対象であり、同時に俳句のテーマである。次も科学者らしい興味の表われた一句。

連翹やかがむと次元一つ消ゆ

# 今生の汗が消えゆくお母さん

古賀《こが》まり子《こ》（大正一三年〜平成二六年）

世に母を詠んだ佳句は多い。

朝顔や百たび訪はば母死なむ　永田耕衣
梅が香や母の常着は闇に垂れ　桂　信子
傷舐めて母は全能桃の花　茨木和生
あさがほに母の茶碗の網模様　吉田汀史
共に剥きて母の蜜柑の方が甘し　鈴木栄子

など、たちどころに十や二十は思い出すくらい母はよく詠まれている。掲句はその中でも最も痛切に心に残る作である。

たった今まで生きていた母の、臨終に際しての汗が、今しもみるみる消えていくのである。もう二度と直接呼びかけることはない「お母さん」という言葉。初めて呼びかけた幼い日から数かぎりなく何万回も呼びかけた「お母さん」の語を、作者は最後にこの句に封印したかのようだ。作者には〈紅梅や病臥に果つる二十代〉という句もあり、〈母はわが心の泉リラ芽ぶく〉〈春の雲母縫ふほとり時ゆるく〉〈わが消す灯母がともす灯明易き〉などを見れば、母上と二人の暮らしだったようである。作者は「馬酔木」の人。掲句は『竪琴』（昭和五六年）所収。

# 鉛筆の遺書ならば忘れ易からむ

林田紀音夫《はやしだきねお》（大正一三年〜平成一〇年）

『風蝕』（昭和三六年）所収。この句の根底には、筆や万年筆で正式に書かれる遺書、およびそのようなゆゆしい遺書の必要なタイプの人生への恥ずかしさがある。自分にはそのようなものは要らない。ごく親しい者へ遺したい言葉はあるが、鉛筆書きでいい。鉛筆で書いた文字ならば、親しい者たちが自分を失った悲しみを忘れるころには、その文字も薄くなって消えていくだろうから、というのであろう。何か生の証を遺したいというのは一般的な人間のささやかな望みであるが、この句は早く忘れてほしいと言っている。自分の人生など人にとっては何ほどのものでもないといった諦観が感じられるが、それは自恃と自愛の裏返しでもある。彼は遺書を書かないのではなく、やはり書くのである。

作者は新興俳句運動が弾圧を受けた後に俳句を始め、伝統へ回帰する動きにも、極端な前衛への動きにも無縁に、虚飾のない無季俳句を作り続けた人。他に印象深い句を挙げる。

　隅占めてうどんの箸を割り損ず

　黄の青の赤の雨傘誰から死ぬ

うどん屋の隅で割箸を割り損なったことにさえ屈する心の働きを、作者は〈なかったこと〉として見過ごさない。華やかな街のすぐ横に口を開けている死の影からも目をそらさない。

# まっすぐに物の落ちけり松手入

森《もり》田《た》　峠《とうげ》（大正一三年〜平成二五年）

『逆瀬川』（昭和六一年）所収。物がまっすぐに落ちるのは松手入のときに限らない。しかし物の落下を句にするのに、松手入ほどふさわしい場面はないと思わせられるくらいにそのことを詠んだ句は多い。〈きら〳〵と松葉が落ちる松手入　星野立子〉〈切りし枝ふわりと落す松手入　右城暮石〉〈ばさと落ちはらはらと降り松手入　片山由美子〉など、落ちる枝葉によって落ち方も、音も速さもさまざまである。植木屋に来てもらって庭木の手入れをするのは秋なので、松葉のよい匂いがすると、辺りには急に秋らしさがただよう。

まっすぐに落ちるのはある程度の重さのものであろう。そのものが何かを言わずに、「物」とだけいっているので、読者はあるいは何か鉄でできた道具、剪定鋏のような重いものが落ちたかと思いもする。軽くやわらかい植物と、重く固いものとの対比、その即物性がこの句の魅力の源である。落ちたものが何であったか、その場所からはおそらく作者にも見えなかったのだろう。ただ良い匂いを撒き散らしながらはらはらと枝や葉の降る中で、重いものがまっすぐに落ちた。そのスピードの違いに作者は感興を覚えたのだ。あるいはこれは私の深読みであって、「物」とは松の枝葉のことで、作者はただ、物とはまっすぐに落ちるものよ、と淡々と言ったただけなのかもしれない。「物」の一字がさまざまな想像を可能にする。

## たとへなきへだたりに鹿夏に入る

岡井省二《おかいしょうじ》（大正一四年〜平成一三年）

この「たとへなきへだたり」はじつに鹿と人間との関わりを言い得ている。たとえば熊なら隔たりという表現は出てこないだろう。普通、人と熊とは「へだたり」といえるほど近づくことはないし、もし近づくことがあっても危険の方が優先してしまうだろうから。そしてあまりにも親しいもの、牛や犬でも成り立たない。ある程度の距離までは人に近づくことを許し、そしてある距離まで近づくと、磁石のプラスとマイナスのように反発して、風のような軽やかさで、また「たとへなきへだたり」のところまで駆け去る鹿だからこその表現である。われわれはどうして鹿に惹かれるのだろうか。美しさ、敏捷さ、威厳ゆえに。そして「たとへなきへだたり」ゆえに、われわれは鹿を愛するのである。

もともと岡井省二は重厚な、水に浮かべれば沈むような句を作る作家である。たとえば、

　大鯉のぎいと廻りぬ秋の昼
　暮の春佛頭のごと家に居り

のような。文章も哲学や宗教用語を鏤めた比重の重いものを書く。その氏にして掲句の揮発するような気配はどうだろう。極端な重さと極端な軽さ、岡井はその両極端の似合う作家であった。掲句は『山色』（昭和五八年）所収。

# 太陽のさがせばありて蓮枯るる　久保田《くぼた》　博《ひろし》（大正一四年〜平成二年）

『雨傘』（昭和五七年）所収。作者は俳誌「沖」での私の先輩である。結社の先輩たちの句にはいくつも忘れがたいものがあって、掲句もそのひとつだ。さりげないが滋味がある。作者としても肩の力を抜いた作なのかもしれない。自分にはもっといい句があるよとあの世から作者の声が聞こえそうだ。しかし愛唱句というのはそんなもので、いったん胸に棲みついた句は、ことあるごとに思い出され、ますます印象を強めていくものなのである。

私は不忍池を思うが、このような蓮池はどこにでもあるだろう。冬の薄く曇った日、池の辺のベンチに腰かけていて、雲を透いて光る太陽を見とめたのである。探せばある太陽という言い方は、誰のうちにも、冬の太陽のなつかしさを思い起こさせる。

コーヒー碗の中もあかるし冬鷗

同じ句集にはこんな句もある。「国際観光ホテルロビー」と前書がある。八丈島での作。大きなガラス張りの喫茶室なのだろう。飲んでいるコーヒー碗の中まで陽が差すということがたまにあって、そのようなとき人は理由なくただ太陽の光そのものの与える幸福感に満たされるものであるが、それが旅先ならなおのこと。海にも空にもロビーにも、そしてコーヒー碗の中までもあふれる明るさに、目を細めている作者が彷彿とする。

## ねころべば血もまた横に蝶の空

八田木枯《はつたこがらし》（大正一四年～平成二四年）

『あらくれし日月《じつげつ》の鈔』（平成七年）所収。人は健やかなときには自分の体を意識しないもので、具合が悪くなって初めて内臓の在処などを認識するが、この句の表わしているのは健康この上ない身体感覚である。春の原っぱに寝ころぶ作者の上には春の晴天が広がり、ときおり視界を蝶が過っていく。なんと気持のよい真昼だろう。大地に横たわってみると、世界は全然違って見える。垂直と水平の認識の違い。ふと作者は、体内の血液もまた、体の中で水平にくつろいでいるような感覚を覚えたのである。

秋蚊帳に寝返りて血を傾かす　能村登四郎

こちらもやや似た感覚の句であるが、陽と陰の違いが興味深い。また、寺山修司には〈一本の樫の木やさしそのなかに血は立ったまま眠れるものを〉があって、血液が立つという言い方に共通の身体認識があるが、こちらの感覚はむしろ一一六頁でも引用した葛原妙子の〈晩夏光〉の歌に近いものがあるように思われる。八田木枯は昭和二十年代、俳誌「天狼」の山口誓子選句欄「遠星集」で活躍し、長い中断の後、近年になって俳壇に復帰した。寺山修司の〈外套のままのひる寝にあらわれて父よりほかの霊と思えず〉が八田木枯の遠星集時代の句〈外套のままの仮寝に父の霊〉を引用したものであることは有名である。

## 荒涼と真昼の蚊帳を落しおく　飯倉八重子《いいくらやえこ》（大正一五年〜昭和五六年）

言葉の働きが増幅される俳句形式では、「荒涼」というような強い言葉が一句の中で浮き上がらずに機能することは希である。女性の句としてもう一句思い出すのは、

荒涼とわが身わが夏はじまれり　中村苑子

であるが、中村の句の「荒涼」は比喩的な使い方。掲句の方は具体的である分、より荒涼の荒涼たる加減が勝ってすさまじいばかりの句である。真昼になるまで蚊帳を畳まないことから想像される、何らかの生活の段取りの齟齬のようなもの。吊られてあるべき形のものが力なく広がっている味気なさ。夜なら見えもせず気にもならない蚊帳の埃っぽさ。それら美しくはない生活の細部を見据えたこんな句も、現代の俳句の情景のひとつとして記録しておきたいと思う。作者は昭和五十六年に五十代半ばで没している。掲句は死の一年前の作で、遺句集『花篝』（昭和五七年）に所収されたもの。埼玉県の高麗辺りでの属目であったようだ。この句の「荒涼」にはもしかすると自身の体調不良が投影されているのかもしれない。

句風には同じ「鷹」に所属した飯島晴子の影響がありそうである。いわゆるお稽古事的な甘さからはほど遠い強面女流の切磋琢磨する場では、掲句くらいのインパクトがないと勝負できなかったであろうことは想像に難くない。

# 東大寺湯屋の空ゆく落花かな

宇佐美魚目《うさみぎょもく》（大正一五年〜平成三〇年）

『天地存問』（昭和五五年）所収。「空ゆく」という描写からは、花弁がいっこうに落ちることなく、どこまでも横へ流れているようすが想像される。ところは東大寺の湯屋の上空。湯屋とは僧たちが斎戒沐浴する建物のことであるが、むしろここではトーダイジのユヤというのびやかな響きの方に重点が置かれているように思われる。

東大寺といえば、誰でもが大仏を思うのであるし、大仏を納める大仏殿の大きさ、南大門の大きさなども思われて、読者はまず何か大きな空間を目の前にしたような印象の中に置かれる。そこへ来る「湯屋」の響きのやわらかさは、すんなりと次の「落花」の花弁のやわらかさ、そしてその描く軌跡のやわらかさを誘い出す。「湯」はまた、春の空気の暖かさを連想させる。

たくさんの花弁だろうか、それとも一片だろうか。私は一片ではないにしても、それほど多くはない数の花弁を想像する。なぜならばこの句はバックの空間を際立たせ、そこを過ってゆく花弁の軌跡を、まるで大きな和紙に描かれる墨の線のように描いている句だからである。

飯田龍太は写生について、「私は、写生は、感じたものを見たものにする表現の一方法と考えている。その逆でもいい」と書いているが、掲句などまさにそうした意味で、五感の感じたものを、すべて見えるものに置き換えた写生句といえるかもしれない。

## 初夢のいきなり太き蝶の腹　　宇佐美魚目

『草心』（平成元年）所収。初夢に巨大な蝶々の現れることくらいはあるかもしれない。しかしこの句では太い蝶の腹が、それもいきなり現れるのである。作者には蝶の腹だけが見えていて、羽根の見えていないらしいのも無気味である。怪異な図ではあるが、上五の「初夢の」によって、怪異さは一見中和されている。子供のころ画家を志し、長じて書家となった作者に視覚的絵画的な発想のあるのは当然かもしれないが、この句も私は長く〈初夢にいきなり太き蝶の腹〉と覚えていたのを、あるとき「初夢の」であることに気づき、「初夢に」より「初夢の」の方がいっそう絵画的であることを納得したものだ。

大正十五年生まれの作者は、戦後二十歳のときに橋本鶏二・高浜虚子に師事、のちに波多野爽波の「青」に所属。さらに昭和五十九年には大峯あきら・岡井省二らと超結社同人誌「晨」を創刊して選者をつとめる。掲句はこのような柔軟な変転の中から生まれ出た独特の作。

空蟬をのせて銀扇くもりけり
すぐ氷る木賊の前のうすき水

などにしても、写生句としてのアリバイは保ちながら、表現されているのは作者のひりひりするような独自の〈感覚〉である。

# わたくしは辵《しんにゅう》に首萱野を分け

澁谷《しぶや》　道《みち》（大正一五年〜）

『素馨集』（平成三年）所収。私の名前の「道」とは、首を携えて行くこと、萱野を分けて、という句意。『字通』によると辵は歩行する意で、道の字の起こりは「異族の首を携えて除道を行なう意で、導く意。祓除を終えたところを道という」とある。私の名前はと言わずに、「わたくしは」としたところに、作者と名前との一体感があり、作者自身が首を持って萱野を進んでいるような効果が生じている。下五の字余りが、道の果てのなさ、渺々たる萱の野原を思わせ、思いの余る感じを出している。自分はこの名前のように、萱野を分けながらどこまでも行く、というのだ。携えている首は自分の首であるかもしれない。

女性には自分の名前を詠んだ句がじつに多い。すぐに思いつくいくつかを挙げてみる。

父がつけしわが名立子や月を仰ぐ　星野立子
妙といふ吾が名炎えたつ八月よ　柿本多映
呼んでいただく我名は澄子水に雲　池田澄子
わが名さゆみ朧《ろう》々となべぶたを持つ　鎌倉佐弓
われの名に奈落の奈の字曼珠沙華　辻　美奈子
悠といふわが名欅の芽吹くかな　正木ゆう子

## じゅんさいの椀の底なる秘境かな　澁谷　道

『蕣帖』（平成八年）所収。文字どおり漆黒の、黒漆の椀の蓋を取る。清まし汁を張った椀の中は、灯火の映るほかはほの暗く、吸口の三つ葉をそっと箸でよけると、透明な汁を通して底に鎮もっているじゅんさいが見える。朽ち葉のような色をした小さな巻葉のまわりが寒天質のぬめりで覆われて、つるつると箸から逃げるじゅんさい。黒漆の椀の底は、もうそれだけで秘境のように神秘的だ。

この句には漆の器のことはひとつも書かれていないが、一読後最も目に残るのは、光沢のある漆の黒の深みである。きわめて東洋的であり、洗練の極である漆の暗く厚みのある艶はまことにこの作者にふさわしい。暗さや艶といえば、作者にはこんな句もある。

雛簞笥あくやふくらみでる縮緬

作者は京都に育っているので、京都の町屋的な奥行きと暗さ、その奥にある緻密で仄かな色合いが句ににじみ出ているのかもしれない。漆や絹などの日本的な技術の粋を凝らした光沢は、自然な暗がりの中でこそ冴えるものだ。

澁谷道の俳句の師は平畑静塔であるが、連句は橋閒石に師事。澁谷の祖先の澁谷盛信・風流兄弟は、元禄二年六月一日と二日、奥の細道を旅する芭蕉を泊めて歌仙を巻いたという。

## 枯山に鳥突きあたる夢の後

藤田湘子《ふじたしょうし》（大正一五年〜平成一七年）

『狩人』（昭和五一年）所収。視界の中に枯山の全体が見え、同時に飛翔する鳥も見えているのだとしたら、鳥は小鳥ではなく、ある程度の、せめて鴉ぐらいの大きさはある鳥であろう。夢の中で、その鳥が山へ向かって、かなりのスピードで飛んでいる。ところが作者はそこでふいに目を覚ます。夢みている主体をふいに失った夢はその後どうなるのか。あの鳥はどうなるのだろうか。夢をみる主体である自分、即ち神のような存在を失った鳥は、枯山へ突きあたったのではないか、と作者は想像する。

「夢の後」とはいかにも曖昧な言い方である。むしろ「夢の中」の方がわかりやすいくらいだが、「夢の中」ならば、鳥は夢の中で実際に山に突き当たってしまうことになる。「夢の後」としたために、夢が夢のまま、曖昧さが曖昧さのままに、一句の中に保存されるのである。さらに、曖昧さに貢献した「後」の一字が、表記としてはこの句を引き締めて、成功しがたい夢の句を、甘さへ流れることなく成り立たしめていることも、意味と表記のもたらす印象のずれとして指摘しておきたい。数年にわたって続いた安曇野通いの締めくくりのような一句と自註にあるが、心象風景に思われるこのような句が、特定の土地へ通いつめて作られたという事実も作句工房を覗く上で興味深い。

# 水仙をまはり水底へ行く如し　藤田湘子

『狩人』所収。意味の取りにくい句である。「水仙をまはる」ことが「水底へ行く」如し、なのだが、水仙をまわることと水底へ行くことの間には誰にも納得されるような類似は見られない。そもそも「水底へ行く」とはどういうことか。ここでも曖昧さが曖昧のままでおかれるように、作者は工夫しているように思われる。何事も即物的にきっぱりと提示することの有効な俳句において、このような作はきわめて希だ。私にはこの句は、流水文様を言葉に移し変えた句のように思われる。意味を汲む俳句ではない。言葉が一句に結晶する契機は、水仙と水底の「水」が頭韻を踏むところにのみある。このような繊細で微妙な比喩は、次の句集『春祭』所収の次の句にも見られる。

うすらひは深山へかへる花の如

おそらく湘子の句の中で最も有名なこの句も、一見したところ、意味だけでは解釈しきれない。それは「深山へかへる花」という比喩自体が解釈の必要な詩であるからである。咲いた後あのおびただしい桜の花弁はどこへ消えるのだろうか、とは誰もが思うことで、もちろん土に帰るのだが、湘子はそれを深山へ帰ると想像したのである。そして初めて薄氷と「深山へかへる花」とのアナロジーが成り立つ。消えゆくもののなんというあえかな美しさ。

# 孔雀よりはじまる春の愁かな　　藤田湘子

孔雀を見たことをきっかけに春愁が始まった、という意味であろう。あるいは、孔雀自身がまっさきに春の愁いを感じているとも解釈できる。いずれにしても豪華な羽根を開ききった孔雀と春愁との取り合わせが美しく大胆である。

私は湘子の甘やかな句ばかりを好んで引いているような気もするが、掲句を収めた『狩人』が出た昭和五十一年当時、俳句を始めてまだ一、二年だった二十代前半の私にとって、掲句の醸し出す愁いはたいへんに魅力的であったし、またこのような華やかさが、俳句形式によって少しの緩みもなく束ねられていることに驚きもしたのだった。手ばなしの憂愁が、俳句となることによって凜と引き締まって感じられる。

作者の学んだ「馬酔木」は切字を使わないなだらかな調べと抒情が特徴であったが、湘子は昭和四十九年頃からしだいに高浜虚子の唱えた写生の方法に目を向け始める。方法の模索の中で、掲句はむしろ再び強く抒情へ傾いた作だといえよう。制作は昭和五十年。因に、前年の作、

さそり座のそばまで麻の花ざかり

について、作者は「写生を心がけはじめたから、こういう句ができた。写生でないと『そばまで』という表現は私には出て来ない」と自解している。

## 筍や雨粒ひとつふたつ百　藤田湘子

『狩人』所収。ポツッと雨粒を感じたと思ったら、ポツ、ポツッと来て、いきなりザーッと降り出した雨。前の孔雀の句と同じ昭和五十年の作ながら、こちらは何の曖昧さもないきっぱりとした写生の句である。雨の降り出すときの時間の経過を数字の羅列だけで表わし、上五に筍を置いただけの、俳句的なレトリックを駆使した楽しい作。

上五を「筍に」とせず、「筍や」としっかり切るのは現在では当然に思われるが、虚子への回帰以前であれば、迷うところであろう。この句から連想するのは、

牡丹百二百三百門一つ　阿波野青畝

である。こちらは牡丹園に入って、まずまわりの牡丹に目を奪われ、しだいに視野の拡大していくさまが数字だけで描かれている。

あめんぼと雨とあめんぼと雨と

湘子の雨の句では平成九年作のこの句も挙げておきたい。掲句とは違う趣ながら、それにしても単純化された即物的表現である。五・三・五・三のリズムが童謡のような印象を与える。俳句的に破調として読むならば、五・八・三になるだろうが、やはりこれは五・三・五・三の変則的な定型として読みたい。

## 揚羽より速し吉野の女學生

藤田湘子

川名大はその著書でこの句について、吉野という土地において山伏ならぬ女学生を登場させた新鮮さを説いていたが、確かに、吉野といえば必ず連想される諸々をすべて取り払ったところにこの句の風通しのよさがある。また、可憐な蝶に譬えるのでなく、大型の揚羽蝶に譬えたために女学生の健康さが際立っているし、さらに揚羽から連想される黒が、制服を想像させる効果も上げている。作者は土地名を詠み込んだ句の名手。いくつかを挙げてみると、

七月や雨脚を見て門司にあり
砂肝をかりりと美濃や厚氷
宮城野のどの子に触るる風花ぞ
七五三水の桑名の橋わたる

など、どの句にも懇ろな挨拶の心と、意表を突く工夫が同居している。結社の門弟を率いての旅も多く、吉野もそのひとつ。「鷹」の創刊は昭和三十九年、東京オリンピックの開かれた年であった。やがて経済成長とともにやってきた俳句ブーム。湘子はそれらの影響を、戦後派の中ではいち早くスタートを切った主宰として、ひしひしと肌に感じてきたにちがいない。「鷹」の歩みは本書の扱う時代とまったく重なっている。掲句は『春祭』(昭和五七年)所収。

## 天山の夕空も見ず鷹老いぬ　藤田湘子

『神楽』(平成一一年)所収。天山山脈は、パミール高原から中国北部を東へ走り、モンゴルへ至る大山系。その夕空も見ることなく年老いていく鷹は、かつてはそこで生まれ、今は捕われて飼われているのかもしれない。しかし誌名の「鷹」を思えば、この鷹には作者自身が投影されているだろう。天山という、荒々しく広大な景と老いとを取り合わせながらも、滴るような抒情の句となっているのは、ひとえに「夕空」という言葉のウエットな働きである。

また、「見ず」と表現したゆえに、読者には風景がいっそうありありと見えてくるし、鷹の脳裏にもまたその景が鮮やかに映し出されているような印象を受ける。句会で「天」という題を出されての即吟だという。

湘子は常に意識的に作風を転換させてきたが、中でも昭和五十八年立春からのまる三年間は、一日十句を作り、すべての句を発表することで旺盛に句の幅を広げ、俳諧味や軽みを取り入れてきた。しかしそれにもかかわらず、掲句の抒情は格別のものであり、湘子の本領はやはりこのような句にあるように思われる。掲句は「俳句」の平成十年五月号、「春の鹿」五十句の巻頭句であったが、そのときの掉尾は次の句。両者は響き合っている。

春の鹿幻を見て立ちにけり

## 行きずりに聖樹の星を裏返す

三好潤子《みよしじゅんこ》（大正一五年〜昭和六〇年）

『澪標』（昭和五一年）所収。意味内容も表現の上でも何の秘密もない句といっていい。こういう句の良さをどう言ったらいいのだろう。何でもないことを、何でもなく書き留めて、それだけでも人に伝わる何か。もしかしたら、映画のシーンとしてなら効果的に使うことができそうな、日常の些事。作者は何を表現したかったのか。それともそんなものは何もないのか。ただ言えるのは、こういった句は作ろうと思ってもできる句ではないということだ。無心の言葉にふととまる幸運の小鳥のようなもの。

三好潤子はもともと情念のこもった句作りをする作者で、たとえば、

春の蟬帶のゆるみに鳴きこもる

稲妻の翼が吾を羽交締め

などはその最たるものである。しかしそういった句の巧みさとは別に、掲句の計らいのなさにはそれとは別の、人の無意識の持つ不可思議さがあり、俳句形式の思わぬ面白さが感じられる。

作者は榎本冬一郎の「群蜂」に所属したのち、山口誓子に師事して「天狼」同人となった関西の人で、主情と客観の間を激しく揺れ動く作風のとらえ難さは、作者自身の与える印象でもあったようだ。

## 悪女たらむ氷ことごとく割り歩む

山田《やまだ》みづえ（大正一五年〜平成二五年）

『忘』（昭和四一年）所収。中七の字余りは普通は厄介なものだが、この句の場合はそこにこそ作者の意気が表われている。婚家に二人の子を置いて出るという背景があるので、掲句のリズムの大胆さは、自然な流露というよりは、作品が作者を励ますといった趣のものであろう。しかしその事情を離れても、掲句には女たちを励ます響きがある。悪女とは偽悪的な言い方で、どんな女性も本来、よりよく生きようとして社会や家庭との齟齬をきたすのである。そんなとき、悪女といわれようと、水溜まりを避けることなく、大股でまっすぐ歩いていこうとするこの句に、われわれは勇気づけられる。薄く張った氷が、ことごとくぱりぱりと小気味よい音をたてて割れ、冬の早朝の寒気が顔を上げた頬にここちよい。

『忘』のあとがきに作者は、人生の激変のときに手にした師石田波郷の全集について、「そこには、どんなときにも決して絶望しない古代人のような明るいおおどかなうたが星座のごとく展開し、鎮まりかえっていた」と書いている。境涯性の濃いといわれる波郷の句を、古代人のおおどかさととらえる、それは作者自身のおおどかさであろう。私は波郷の、「希望がなくても生きていける」という言葉を併せて思い出す。この筋金入りの向日性は確かに古代人的なものであり、山田みづえの俳句の中に底光りしているのもそのような力強さである。

# 4

〔昭和元年〜昭和九年〕

# 洗はれて山河へもどる茎の石

飴山《あめやま》　實《みのる》（昭和元年〜平成一二年）

「俳壇年鑑」（平成一一年版）より。石は悠久と言ってもいい昔から、その辺りの土地にあり、あるときその形と重さを見込まれて漬物石に抜擢されたのだ。何十年かの後、その家はもう漬物をつける人がいなくなって、塩を吹いたその漬物石は、どこかまたその辺りへもどされることとなった。石はしばらくは塩辛い味がすることだろうが、やがて風雨にさらされながら、周囲の石と一緒に山河の一部となるのである。

このような想像は楽しい。ただの石が漬物石になり、またただの石に戻る。石が漬物石だったのは、山河の永さに比べれば一瞬のことなのだ。

このような感慨に誘われるのは、「山河」という言葉のせいである。単に山に戻る、河に戻るというだけなら、生活の中の事実にすぎない。山河に戻るとしたために、一句はぐっと広く長い時空を取り込むことになる。つまりこの句は生活の一場面を詠んでいるようでいながら、茎の石という小道具によって、山河の永遠性を詠んでいるのだ。

用がすめば山河に戻る道具はいい。木で作った樽、竹の箍、そして漬物石。一方、山河に戻らないものは、地球上でゴミとなるだけである。私の使っているプラスチックの簡易漬物器も、ポリバケツも。

## 「大和」よりヨモツヒラサカスミレサク

川崎展宏《かわさきてんこう》（昭和二年～平成二一年）

『義仲』（昭和五三年）所収。「戦艦大和（忌日・四月七日）」と前書がある。その昭和二十年、作者は十八歳。広島県呉市に生まれたこともこの句の下敷きになっていよう。吉田満の『戦艦大和ノ最期』の掉尾の文章が胸にあってできたと、作者はインタビューで語っている。「ヨモツヒラサカ」は黄泉比良坂で、黄泉と現世との境にあるという坂。「ヨモツヒラサカスミレサク」は沈没した大和からの電信という設定である。同インタビューによると、大和は実際に水深三百四十から四百六十メートルの急斜面に散乱しているそうなので、黄泉比良坂は海底にある現実の坂でもある。また作者はこの句を、虚子の〈咲き満ちてこぼるゝ花もなかりけり〉を仰ぐ花鳥諷詠の句と思いたい、とも言う。

轟沈した黄泉の戦艦からの電信に「スミレサク」とは、またなんと可憐な花をもってきたことか。作者が言いたいのは、単なる戦争反対でも賛美でもない、人の世というものへの切なさである。花鳥諷詠と戦争の記憶というふたつの創作動機に挟まれて、「私の中に方法の葛藤がある」と作者はかつて書いていたが、掲句などその双方を止揚したものといえるだろう。この句に代表されるように、作者は太平洋戦争を詠むことを意識的に続ける一人であるが、それがイデオロギーとしてではなく〈切なさ〉として普遍化されているところが貴重である。

## 白桃の皮引く指にやゝちから　川崎展宏

『秋』（平成九年）所収。川崎展宏の句は古典を下敷きにしていることが多く、さりげない句でも、たとえば〈山の端の逃げて春月ただよへる〉は『伊勢物語』に、〈走り出の山の桜のこと咲く〉は『日本書紀』によったと自註しているが、一方で、感覚をストレートに言葉に置き換えた掲句のような作も多い。白桃を剥いたことがあるなら誰にもこの感覚はわかるだろう。皮が破れないように指で引っ張る、あの微妙な力の入れ具合を詠んだのである。

鶏頭に鶏頭ごつと触れゐたる

出かゝりし油のやうな薄の穂

なども同様に、ものの質感と言葉の間がクリアである。「油のやうな」は虚子の〈やり羽子や油のやうな京言葉〉を思い出させるが、それとは関係なく読んでいい。ストレートな把握で、少しくだけたものには、〈床屋から出て来た貌の穴子かな〉という句もある。

くだけた句といえば、展宏には滑稽味のある句も多く、中でも、

海鼠あり故にわれありかぼすもある

は私の愛唱句。戦争の記憶を真摯に詠みながら、このような自在さをも併せ持つところが展宏の幅の広さであり、またそれは作者の俳句観の深さでもある。

# 祀ることなくて澄みけり十三夜　　川崎展宏

『秋』所収。十五夜のひと月後の満月の二日前を、十三夜あるいは後の月という。季語には使いやすいものと使いにくいものとがあり、「十三夜」は使いやすい方の部類に入る。しかしまたきわめて成功しにくい季語でもある。情趣に富み、また美しくもあるために、季語以外の部分が季語の後ろにかすんでしまうのだ。

十三夜に私が毎年思い出して味わうのは掲句である。太陽暦では年によって日にちが異なるが、いずれにしても秋の終わり、寒ささえ覚えるころになってから訪れる十三夜は、もちろん十五夜ほどの華やかさはなく、祀る家も多くはない。作者も、ああ十三夜の月だと思って眺めるだけで、月見の宴などがあるわけではないのだろう。「祀ることなくて」はその風情を、事実そのままに言ったのである。「俳句は遊びだと思っている。余技という意味ではない。いってみれば、その他一切は余技である。遊びだから息苦しい作品はいけない。難しいことだ」（句集『葛の葉』跋文）という作者の俳句観そのものの、平明にして深い作。

作者は加藤楸邨門。次の句はその師を見送ったときのもの。「怒濤」とは楸邨の生前最後の句集の題名でもある。

夏座敷棺は怒濤を蓋ひたる

## 思はざる山より出でし後の月

福田甲子雄《ふくだきねお》（昭和二年〜平成一七年）

前頁の十三夜に続いて、後の月の句である。十三夜というと、どちらかといえば満月までであと二日の月の形を強調し、従って月そのものの明らかな光を感じさせるのに対し、後の月といった場合は、仲秋の名月の一か月後の月という時間の経過が強調され、ものみな枯れ尽くす秋の深まりがより強く感じられる。

旅先での作だろう。今日は後の月と思いつつ、ときどき窓を開いてみていると、思わぬ山の上にいつのまにか月が出ていたというのだ。ひと月前の十五夜であれば、月の出はもっとひたすらに待たれるのであり、窓もおそらく開いたままであろう。しかし後の月ともなれば、確かに気がついたら出ていたということが多い。そのような後の月ならではの情趣がこの句には余すところなく表現されている。

掲句は『白根山麓』（昭和五七年）所収で、句集名の白根は作者の住むところでもある。飯田蛇笏選の時代から「雲母」に投句していた作者は、選が飯田龍太に代わった昭和三十五年から俳句に本腰を入れたというから、この世代あたりからが、虚子、蛇笏、龍太と連なる師系の四代目となる。甲子雄は「雲母」終刊後の「白露」創刊に尽力、〈山際にたまる端午の紺の闇〉〈稲刈つて鳥入れかはる甲斐の空〉など、風土性を踏まえた句作りを得意とする。

## 山百合や母には薄暮父に夜　　堀《ほり》井《い》春《しゅん》一《いち》郎《ろう》（昭和二年〜昭和五一年）

父母は常に詩のよき題材であり、ことに母の秀句は枚挙にいとまがないが、一句中に父と母を対比的に詠んだ句も、

迎火は母送火は父のため　高橋睦郎

木枯しを父流水を母のこゑ　千代田葛彦

など少なくない。掲句は、中七における母と薄暮のＨＡ音の重なりが、意味よりも先に一句を詩たらしめているだろう。その後に薄暮と夜の対比がやってくる。父母に捧げられているのが山百合であることが、エロスを感じさせもする。

「〈野に赫らむ冬雲誰の晩年ぞ〉堀井氏はこの作品で私を卒業した」と山口誓子をしてその句集の序文に書かせたにもかかわらず、こんにち堀井春一郎の資料は多くないし、作品が語られることもほとんどないようだ。それでも私がここに堀井を挙げておきたいのは、俳句を始めてまもないころ、掲句を収める堀井の第三句集『曳白』（昭和四六年刊）を読みふけった個人的思い出のせいであり、当時はもちろん、今でも堀井のような冷ややかな抒情を俳句に込める作り手は見当たらないからである。ほかにも、〈足蹴もて氷の鮪の列正す〉〈されどプールの白き柩形冬青空〉など特異で、硬質なよさがある。春一郎は享年四十九歳であった。

# 栃木にいろいろ雨のたましいもいたり

阿部《あべ》完市《かんいち》（昭和三年〜平成二一年）

『にもつは絵馬』（昭和四九年）所収。作者は自作について次のように書く。「ふと言葉と言葉、ふと音と音とが奇妙に結合して、私に何か合図するとき、そこに、今まででない何かを、私は私からみせつけられた」「一句一句の非完結の姿、意味という終章をなるべくむかえないようにしている形を、私は私の句にゆるしている」（『現代俳句案内』）。それは眼前の景を言葉に移し替えたり、心にある事を表出したりする方法とははじめから異なる。

栃木という地名のもたらす樹木の印象。さらに、栃木に行ったことのある人ならば、落ち着いた古い町並や石畳の道、町をめぐる堀割の豊かな水とそこに雨の降る情景を思い浮かべることができるだろう。海のない土地の、淡水・真水の印象がこの句を覆っている。

「いろいろ」という口語は、それ自体、リズムに詩的な破綻をもたらす効果があるが、意味的には、淡水・真水の印象を強め、栃木のすべてが雨に濡れそぼっているという感じを与える。そこに、自らの濡らしたものの中に、自らも濡れて、ずぶ濡れの雨の魂もいるのである。

また雨の魂を雨に濡れた魂と解釈することもできる。それは木の魂でも、蝉の魂でも、人の魂であってもいい。作者は精神科医であるが、この句は同じく精神科医で俳人である平畑静塔を栃木に訪ねたときに得られたという。雨の魂とは静塔の魂ではないかというのが、私の解釈。

# 遠方とは馬のすべてでありにけり　阿部完市

『鶏論』（昭和五九年）所収。作者は昭和二十六年から「青玄」などによって俳句を始めたが、昭和三十七年金子兜太に会い、その年に創刊したばかりの「海程」に入ってから特にその独特の方法に意識的になったようだ。「意味という終章をなるべくむかえないようにする」という意味では、〈たとえば一位の木のいちいとは風に揺られる〉や〈静かなうしろ紙の木紙の木の林〉などを挙げるべきなのだろうが、私はわかりやすくてなお余韻のあるこの句を挙げておきたい。前頁の句同様無季である。われわれが都会で馬を見る機会は競馬場くらいであるが、返し馬といって、馬場に入場した馬がスタート地点まで走っていくときの、その走り出す瞬間の姿が私はとても好きである。逸る心を手綱で抑制されていた馬が、走れという騎手の合図に瞬間に反応して、筋肉を収縮させ、鬣をふりたてて一気に走り出すとき、この句を思い出す。

前へ前へ、もっと遠くへ、自分のすべてがある遠方へと馬は走る。立っているときでさえ、馬は遠くを見、遠くへ向かって耳を立てている。なぜならば、彼のすべてが遠くにあるからである。前述した『現代俳句案内』の自作ノートにおいて、作者は俳句を作り始めたばかりの若いころのことを、「心の故郷、ここではなく、今ではないときところ——故郷感——を思って心焦り、心重かった」と書いている。この馬はそんな作者自身であろう。

## 大根の畑に来れば風が吹き

今井《いまい》杏太郎《きょうたろう》（昭和三年〜平成二四年）

『海鳴り星』（平成一二年）所収。このとき十一月の奥会津の大根畑には私も一緒に行ったのだった。家庭用の畑ではなく、出荷するための広大な畑で、何人かの人が収穫をしていた。見学していると、作業の手を休めて、取れたての大根を大ぶりに切り分けてわれわれ一行に食べさせてくれた。大根は水気をたっぷりと含んでパリパリと甘く、広々とした畑を初冬の風が蕭条と吹きわたっていた。今井の句はそういえば大根の味わいに似ている。単純、淡泊を旨とし、言葉に余計な力を入れない。

　初空のなんにもなくて美しき
　前にゐてうしろへゆきし蜻蛉かな
　誰彼となく咳をしてゆふぐれぬ
　長き夜のところどころを眠りけり

いずれも水の味わい。しかし水が味をつけない分、本当にいい水でなくてはおいしくないように、このような作り方を自らの文体にするのは簡単ではない。作者は単純を至上とする俳句を極限まで単純にしてみせる。杏太郎もまた阿部完市と同様精神科医である。だとすると、この極端な単純さには何か職業的な意識が反映しているのかもしれない。

# 雲の峰一人の家を一人発ち

岡本《おかもと》　眸《ひとみ》（昭和三年〜平成三〇年）

『母系』（昭和五八年）所収。岡本眸は職場句会で富安風生の指導を受けて俳句を始めた。社長秘書だった作者は、句会の世話役も兼ねており、俳句はいわば秘書の仕事の一部であった。昭和二十五年のことである。やがて岸風三楼にも師事。句会で知り合った俳人の曽根けい二と結婚。昭和四十七年、第一句集『朝』により俳人協会賞受賞。経歴を見てもわかるように、岡本眸の出発は偶然であり、歩みは順調である。女性が句会に出ることさえままならなかった時代に比べて、格段に恵まれた環境の中で多くの女性が俳句に関わるようになる時代の、岡本はその先頭をいく一人であった。

昭和五十五年、作者は俳誌「朝」を創刊することになるが、掲句はその相談のために旅に出たときのものだという。すでに昭和五十一年には夫が急逝しており、それゆえに「一人の家」なのである。前年に師の富安風生が没していることも覚悟の一因となっていよう。

それにしても、明るい前途を感じさせる凛とした句だ。一人の家に一人で鍵をかけながら、作者の視線は遠く高くまぶしい入道雲へ向けられている。季語がもし他のものだったらどうか、と考えれば、雲の峰が作者の心理にもたらす効果ははかりしれない。〈渾身に真向へば夏美しや〉〈大寒の明日へきちんと枕置く〉などにも同様に張りつめた清々しさがある。

## 生国の昼へ蹴り出す煙茸

柿本多映《かきもとたえ》（昭和三年〜）

『蝶日』（平成元年）所収。煙茸は埃茸ともいい、熟すと、窄まった天辺の小穴から胞子を煙のように吐き出す。この句の面白さは、昼へ蹴り出すと言って、まるで茸の生えている暗がりを、夜であるかのようにとらえているところである。だからといって煙茸を何かの暗喩のようにとらえる必要はない。おそらく作者は日向を単に昼と言い換えただけなのだ。しかしいったん昼と言ってしまえば、日向と昼の意味するものはおのずと違ってくる。「生国の昼」は「生国の夜」と対比されて、一句は自然に重層性を帯びることになる。作者は名刹三井寺の生まれなので、生国の意味するものはずっしりと重いにちがいない。

真中に僧が帯解く夏座敷

作者が寺に育ったことを思えば、この句の「真中」の発見にも納得がいく。女性であれば衣服を脱ぎ着するのに座敷の真中に立つことはない。広々と整って涼しげな夏座敷の真中で帯を解く父を、幼い作者は誇らしさと驚きをもって見ていたのだろう。そうして再び掲句へ戻れば、やはり煙茸は何かの象徴のように思えてくる。晴と褻《け》でいえば褻、昼と夜でいえば夜、男女でいえば女という、秘めやかなものとしての煙茸。そこからポッポと出る煙は、作者の詩心そのものであるようにも思われる。

# 帯巻くとからだ廻しぬ祭笛

鈴木《すずき》鷹夫《たかお》（昭和三年〜平成二五年）

『渚通り』（昭和五四年）所収。女性が帯を巻いている図、あるいは母親が子供に帯を巻いてやっている図と解釈してもよいが、俳句は一人称の文芸という前提に立てば、やはり作者自身が兵児帯を巻いているのであろう。腰の低いところでぴしっと帯を巻いている姿に、男性ならではの艶がある。作者ははじめ石田波郷に師事し、その没後は能村登四郎に師事した。この句は波郷の〈女来《く》と帯纏《ま》き出づる百日紅〉を彷彿とさせ、また登四郎に通じるナルシシズムも感じられる。浅草生まれの作者らしい華やかな句だ。ほかにも、

二階より素足降りくる櫻鍋
やや酔ひて子の部屋を訪ふ細雪
熱湯へ水すこし足す櫻の夜
怖ろしき咄のあとの水羊羹

など、作者は下町の生活を細やかにかつ艶やかに詠んだ作を得意とするが、あらためて読み返すと、平成十四年の現在にして早くもこういった繊細で粋な情趣が社会からどんどん消えていきつつあることに驚く。俳句は個人の表現ではあるけれども、またその時代の文化の記録でもあるということを思う。作者は「門」主宰。

## 虫の夜の星空に浮く地球かな

大峯《おおみね》あきら（昭和四年〜平成三〇年）

『夏の峠』（平成九年）所収。宇宙には無数の銀河があり、その中のひとつがわれわれの天の川銀河である。その端の方に太陽系があり、太陽をめぐる九つの惑星を、子供のころ、「水金地火木土天海冥」と覚えた。空に光って見える星は、惑星以外はすべてが恒星で、太陽のように自ら光を発している。なんというはかりしれない、かつ美しい空間に、地球は浮かんでいることだろう。

この句は、星空の中の地球という、子供でも絵に描けそうな単純な構図にも思われる。しかし作者の視点はそれほど単純ではない。「虫の夜の星空」というとき、作者は地球上のどこか、おそらく自身の住む吉野の山中にいて、そこから星空を見上げている。ところが「星空に浮く地球」というときには、視点は宇宙のどこかにあり、そこから地球を眺めている。「星空」を要にして、句の前半と後半とで視点が瞬間移動しているのである。作者とともに、読者もその瞬間移動を体験するのであって、この句のもたらす快感は、そんなところからも発しているだろう。その瞬間移動は、この句を読むたびに何度でも経験することができる。

作者は僧職にあり、また哲学者でもある。この句では作者もまた虫と同じく地球上の一生物。あふれんばかりの命を乗せて、地球は星空に浮かんでいる。

# 煖房や地中海的皿の中

加藤郁乎《かとういくや》（昭和四年〜平成二四年）

掲句を収める第一句集『球體感覺』は昭和三十四年俳句評論社からの刊行だが、同四十六年には冥草舎から再版されており、俳句を始めたばかりの四十八年頃、私は上京した兄とともに新宿矢来町の冥草舎へ行って直接求めた思い出がある。

『球體感覺』の代表句としてよく引用されるのは、むしろ他の句、即ち〈冬の波冬の波止場に來て返す〉〈晝顔の見えるひるすぎぽるとがる〉〈切株やあるくぎんなんぎんのよる〉〈天文や大食《タージ》の天の鷹を馴らし〉などであることが多いが、当時の私が最も強く記憶したのは、それらのどの句でもなくこの「煖房や」の句であった。

従来の俳句であれば、上五の「〇〇や」の〇〇は季物であることが多い。それがこの句の場合、暖房という人工的なものであることが珍しかったし、地中海が皿の中の比喩としてとても斬新に感じられたのだった。この句は全く自然を詠んだ句ではない。人工的な室内の句である。

しかしこれなど、郁乎の句としてはきわめてわかりやすい句である。作者自身、「どこかがおかしいからこそ『俳』の趣があり、従ってどこもおかしくないような俳句なんか成り立つわけがない」と言っているように、最も郁乎らしいのは〈とりめのぶうめらんこりい子供屋のコリドン〉のような句であるかもしれない。

## 涅槃会の大鯉にして風のごと

廣瀬《ひろせ》直人《なおと》（昭和四年〜平成三〇年）

「俳句」平成十年五月号掲載。鯉の比喩の句で対照的なものとしては、

寒鯉を雲のごとくに食はず飼ふ　森 澄雄

がある。こちらは寒中のじっと動かない鯉であるのに対して、掲句は大鯉の悠然と泳ぐさまを風にたとえている。涅槃会とは釈迦入寂の日で、陰暦の二月十五日。寺では涅槃図を掲げて法会を営む。そのころに降る雪を涅槃雪といい、西から吹く風を涅槃西風というが、掲句は涅槃といい、風といっているので、おのずと春の彼岸のころの柔らかな涅槃西風が連想されるだろう。陽暦の現在では必ずしもそうではないが、陰暦では本来この日は満月であり、月も満ち、潮の干満も大きく、そよ風が吹いて身も心もゆるぶような大らかさをこの句は内包する。ネハンエという言葉の促音も撥音も濁音も入らない柔らかさ、大鯉の「大」の字の印象、大鯉の「ゴ」と結句の「ごと」の「ゴ」の鈍く重なる響き、それらのすべてが、ダイナミックに命の生動する春らしさを伝えている。作者は飯田龍太の弟子であり、龍太引退後の「雲母」を受けて、現在は「白露」を主宰する。読者から見ると、大鯉はまた広瀬直人自身である。素早く走りまわる魚ではなく大きな鯉。甲斐の風土に根ざし、泰然として真直ぐなその持味は次の一句にも瞭。

正月の雪真清水の中に落つ

## 梨の花郵便局で日が暮れる

有馬朗人《ありまあきと》（昭和五年〜）

『母国』（昭和四七年）所収。句集名からもわかるように、作者は早くから俳句を世界の中でとらえることをしてきた先駆者である。しかも旅行者としての視線ではなく、物理学者として海外の生活や文化に関わった上での俳句への認識は深く、そのような新しい俳句観は、行き詰まる近代社会に展望を与えることができる力さえ持つのではないかと私は考える。そうでなければ、海外俳句は単なる現象にすぎない。俳句の、あるいは東洋の持つ一元的で寛容な世界観と、二元的に対立することが宿命である欧米的な近代主義という図式に対して、有馬朗人はいま最も意識的な一人である。

掲句も外国での作であろう。昼間の用をすませ、やっと郵便局へ行くと、帰りには日が暮れてしまった。まだあまり見物もしていない町で、夕暮の憂愁にふいを突かれながら、作者は薄暮に暮れ残る梨の花の白さに心を癒されている。散文風に流したさりげない中七下五が、梨の花の白を引き立て、ナシノハナのさっぱりとした音と響き合っている。「郵便局で日が暮れる」という事実だけを述べ、そこにただ「梨の花」という季語を配し、あとは薄暮に浮かぶ梨の花の白にすべてを託すのが俳句というもの。西洋の詩であるなら、ここで盛大に心情を吐露するところである。

## 電柱の影さす薔薇の切口に

加藤《かとう》 朱《あかし》（昭和五年〜）

いわゆる写生句というのとも、ちょっと違う。写生ならわざわざこんなところに目をとめないのではないかと思われるからだ。かといって幻想や想像でもないだろう。幻想というほど特異ではないし、想像するにしては仔細に過ぎるからである。どこからこうした句が出てくるのだろうと思わせるがゆえに、この句は心に残る。

薔薇の花を切ったら、切口に電柱の影がさした、それだけだと作者は言うのだろうか。ある日あるときの、そこにしかない確かなものの存在を突きつけられて、読み手はかえってなにやら哲学的な気分になってしまわないか。

作者がどんな方か長い間わからなかったが、掲句を収めた句集『朱』（昭和五一年）をごく最近になってやっと手にすることができた。こんな句がある。〈逆しまに蟷螂午前午後を過ぐ〉〈つくつくしつくつくし墓間違へて〉〈なにもなきところでさわぐ雀の子〉〈茄子の花夜目にあかるき謀りごと〉〈葭簀編む叱りて犬をいつくしみ〉〈声かけて野分の髪が口に入る〉〈鳥籠を風花よぎることいくたび〉〈蛇泳ぎ切つて尿意をもよほせり〉。俳意確かで自在で、秀句は数えきれない。作者は「寒雷」で加藤楸邨に、「陸」で田川飛旅子に師事。そして栃木に移住した後の平畑静塔の句会に出ていたという経歴を持つ。

**空蟬の両眼濡れて在りしかな**　　河原《かわはら》枇杷男《びわお》（昭和五年〜）

『鳥宙論』（昭和四三年）所収。「見えざるものは見えるものにおいて現れ、見えるものは見えざるものの他の何ものでもない」という作者の言葉をまず掲げておこう。たとえば、

　**或る闇は蟲の形をして哭けり**

にはその世界観が顕著。さらに、〈身の中のまっ暗がりの螢狩り〉〈抱けば君のなかに菜の花灯りけり〉など、人間の内と外の世界が人体という輪郭を通して入れ替わるような詠み方にも、独特の世界観が形を変えて現れている。永田耕衣に師事した作者らしい世界観である。

そんな中で、掲句はむしろ空蟬そのものをありのままに詠んだもの。空蟬はそれ自体すでに十分に、命とその入れ物である肉体との関係の不思議さを体現しているからこそ、作者は空蟬の場合はありのままに詠んだのだ。

空蟬の目玉の部分は、本当に水滴のようなつややかな球面をしている。それが濡れているように見えるという表現は、ありのままの写生であると同時に、先に挙げた〈或る闇は蟲の形をして哭けり〉における〈哭く〉に通じるものがあるだろう。作者は〈なく〉という表現に、慟哭の〈哭〉を当てずにはいられない。「自然は、実存にとって永遠の原書であり、書くとは、自然のなかに書きこまれている深秘の言葉をまた讀むことであろう」（自作ノート）。

# さみだれや喰わねば腐るものを喰う

静《しずか》　人臣《ひとおみ》（昭和五年〜平成一六年）

さみだれは五月雨と書くので、太陽暦に慣れた目には何か明るい印象を持つが、もちろん陰暦の五月の雨、即ち梅雨のしとしとと降る雨のことである。その時期は食べ物も傷みやすく、従って食料は早めに早めに片づけなければならない。それを「喰わねば腐るものを喰う」とは、身も蓋もないとはいえ、なんとしたたかな、哀愁あふれる男の言葉だろうか。

この句には恥ずかしい思い出がある。掲句は徳島から出ている俳誌「航標」の平成元年九月号に載った句で、気取りもごまかしもない生活者の本音にいたく感じ入り、以来私の愛唱句となった。ところがいつのまにか、頭の中で季語がすり変わっていた。〈冷蔵庫喰わねば腐るものを喰う〉と覚えてしまったのである。しかもひとりで勘違いしていれば害もないものを、講演で、エッセイの中で、私はこの句を吹聴してまわった。間違いの方の句が何度か活字になったころ、作者が遠慮がちに「航標」に書かれた文章で、私は初めて自分の間違いに気がついたのであった。梅雨どき、主婦である私は、冷蔵庫をかきまわしては、悪くなりそうな食材から先に料理してせっせと家人に食べさせている。そんなとき思い浮かぶのはこの句であった。私にとってこの句は冷蔵庫の句なのであった。恥じ入りつつあらためてこの句に向かうと、「さみだれや」より他にこの句にふさわしい季語はない。

## みちのくの星入り氷柱《つらら》われに呉れよ

鷹羽狩行《たかはしゅぎょう》（昭和五年～）

蝶にしても、石にしても、切手にしても、コレクションというのは男性的な嗜好なのではないかと思う。星の夜、軒にあってきらきらと輝く氷柱を、ただ美しいと思うだけでなく、手に入れたいと思う作者はまさに少年のようなコレクターである。しかもその氷柱にはあらかじめ星空が閉じ込められている。作者の手中には氷柱が、氷柱の中には星空があるのである。

さらに作者はその氷柱を自分で折るのではなく、誰かおそらく若い女性に向かって、「呉れよ」と呼びかけている。「みちのく」という上五からは純朴な女性が想像される。すなわちこれは男性の夢みる現代の神話なのだ。掲句を収める『誕生』（昭和四〇年）には、

スケートの濡れ刃携へ人妻よ

という句もあって、こちらは都会的な女性像であるが、どちらも作者の理想とする女性の両面であろう。受け取るのが氷柱であり、女性の携えているのが冷ややかな刃のスケート靴であるところに、作者の硬質な詩性がうかがわれる。

塚本邦雄は『百句燦燦』の中で、氷柱の句を、中村草田男の〈梅雨の夜の金の折鶴父に呉れよ〉の本歌取りであろうと書いているが、自註によると作者の頭には西東三鬼の〈月光のつらら折り持ち生き延びる〉があったようだ。

## 胡桃割る胡桃の中に使はぬ部屋　鷹羽狩行

『遠岸』(昭和四七年) 所収。向田邦子の小説集『隣の女』の中に「胡桃の部屋」という一篇があり、この句が詠み人知らずとして挿入されている。狩行のエッセイによると、小説は後にテレビドラマにもなり、新聞のテレビ欄の「胡桃割る胡桃の中に使はぬ部屋……人間の心の中には……秘密の部分がある」という記述で、狩行は初めて自作の句が小説の中に引用されていることを知るのだが、向田の死後のことであり、なぜこの句が詠み人知らずとなったのか、謎のままのようだ。考えてみれば、小説の題にまでするのであれば、作者を調べることなどなんでもないはず。向田邦子はこの句の作者をわざわざ匿名のうちに置きたかったのではないかというのが私の想像だ。

このエピソードのせいで、掲句は向田邦子の描く現代の虚無の匂いを色濃くまとってしまい、その雰囲気から切り離して読むことがむずかしくなってしまったように思われるが、それはこの句にとってまた作者にとって不幸なわけではないだろう。向田のように解釈すれば、個人名の持つ具体的な諸々の印象から全く切り離して鑑賞することが、これほど似合う俳句はない。雑踏ですれ違う無数の人間の、誰の裡にもある小さな使わぬ部屋がテーマであれば、作者もまた、顔のない無数の人々の群れに紛れていてもかまわないのである。

# 摩天楼より新緑がパセリほど　鷹羽狩行

『遠岸』所収。狩行の作の中ではおそらく最も有名な句だろう。ニューヨークのエンパイア・ステート・ビルからセントラルパークを眺めての作である。摩天楼という言葉は現在ではあまり使わないが、昭和四十四年の作であれば納得がいく。およそ三十年後平成十三年秋の世界貿易センタービルの崩壊など思いもよらなかった当時、高層ビルは豊かさの象徴以外の何ものでもなかった。そういう意味で現象的な句ではあるが、掲句がこの時代の申し子のような句であることはまちがいない。

「パセリほど」から想像されるのは、料理に付け合わされているパセリである。作者はニューヨークという都市を一枚の皿の上の料理として高みから俯瞰し、公園の新緑をパセリに譬えている。小さくこんもりとそれはあるが、自解によるとこのときニューヨークは雨に煙っていたようで、作者の意図は、公園をパセリに譬えることよりも、むしろ都市を一枚の料理の皿として眺めることの方にあったのではないだろうか。

作者は「箱庭」というエッセイに、「箱庭を眺めるとき、人は広大な世界を完全に見下ろす視点に立つ。すべてを見そなわす神のような立場にたつので、それがそのまま現実世界を超越した心にかよう」と書いているが、それと似た視点がこの句にもあるようだ。

## 一対か一対一か枯野人　鷹羽狩行

『平遠』（昭和四九年）所収。作者の機知の一面がよく表われた作としてこの句を挙げておきたい。この句もまた俯瞰する視点から眺められている。一面の枯野を二人の人物がゆく。二人は同じ立場に立つ者どうしなのか、それとも対立する者どうしか。こういった興味もどちらかといえば近代の、そして男性のものだろう。どちらでもよいと思うのは非近代的な、あるいは女性的なものの考え方である。ここでも狩行の句は男性原理に基づいている。

この句は、『誕生』にある次の句を思い出させる。

舷梯をはづされ船の蛾となれり

陸にあっても海にあっても、蛾は同じ蛾である。しかし作者はそこで蛾を二通りに分類をする。しかも陸の蛾は、海の蛾になるのではない。船の蛾となるのだ。ふたつの句に共通する明晰な思考経路は、俳句にあってはなかなか成り立ちがたい。俳句は非論理と混沌とこそ相性のいい形式だからだ。ひととおりでない巧みさと詩情が、理に落ちることなくこれらの句を成立せしめている。そういう意味で狩行は現代俳人の最もユニークな一人である。蛾の句について、帰港のときには〈船の蛾が去る接岸を待ちきれず〉となったと自解しているのも興味深い。船の蛾はちゃんと再び陸の蛾となったのである。

## 雪見酒なんのかんのと幸せよ　星野《ほしの》　椿《つばき》（昭和五年〜）

『雪見酒』（平成一一年）所収。読むとこちらまでほのぼのと幸せな気持になってくる。いろいろあるけれど、なんのかんのといっても、大丈夫よ、幸せよ、という句。けっこう複雑なニュアンスが、あっけらかんと口語で言い留められている。夫君を亡くされた後の一連の作品の中の一句で、〈初雪や仏と少し昼の酒〉もあるから、この口語は夫に呼びかけているのである。くよくよしていてもしかたないわと、自分を励ましつつこの句を作って、本当に元気が出てしまったといった句ではないだろうか。まるで自分への応援歌のように。

　虚子の墓立子の墓へ雪踏んで

という句があるように、作者は高浜虚子の孫、星野立子の娘である。それを思えばこの大らかな詠みぶりは血筋なのだろう。掲句に少し似た内容の句で、立子に〈考へても疲るゝばかり曼珠沙華〉があるが、椿の掲句の方がいっそう向日的である。

〈何もかもこの涼風にまかせをり〉〈これよりを華と信じて更衣〉など、作者にはほかにも明るい前向きな句がいくつもある。虚子は「俳句は極楽の文学である」と言ったが、俳句には確かにそんな効用があるようだ。次の句は椿が母の忌日を詠んだもの。

　紫の人とも云はれ立子の忌

## 落椿とはとつぜんに華やげる　稲畑汀子《いなはたていこ》（昭和六年〜）

『稲畑汀子第二句集』（昭和六〇年）所収。木にあるときの椿の花は、どれがいつ咲いて落ちたのか、次々といつのまにか咲いては落ちるのではっきりとわからないが、たまたま一輪を花瓶に挿しておくと、開ききったかと思うまもなく、花の根もとからまるごと落ちてしまう唐突さに胸を突かれる。作者はそれを「華やげる」ととらえた。茎にあってしだいに開いてゆく花の美しさとは別の、滅ぶ瞬間の鮮烈さである。

上五の「とは」を受ける下五が、「華やげる」と連体形で止まって、その先を省略しているので、一句のリズムが勢いをふいに止められたような具合になり、それが「とつぜんに」という直接的な形容とあいまって、椿の花の落ちる唐突さを表わす効果をあげている。

作者は高浜虚子、高浜年尾と続く「ホトトギス」の主宰として、「ホトトギス」の主流をなす作風を得意とするが、掲句にもそのストレートな風を感じることができる。

今日何も彼もなにもかも春らしく

一枚の障子明りに伎芸天

三椏の花三三が九三三が九

なども、虚子直系らしい手づかみの勢いのある句。

# 一枚の絹の彼方の雨の鹿

永島靖子《ながしまやすこ》（昭和六年〜）

『真昼』（昭和五七年）所収。一枚の透ける絹のはるか彼方、秋雨のベールのさらに先にいる一頭の鹿が詠まれている。絹と、距離と、雨の三つのものによって、作者と鹿とは幾重にも隔てられているが、それらはすべて壁のようなものではなく、透けていて、作者は鹿を見ることができるのである。「彼方」「雨」というと、思い出すのは芝不器男の、

あなたなる夜雨の葛のあなたかな

だ。ふたつの彼方と雨の世界の違いを味わうのも一興である。不器男の彼方は夜であり、彼方の葛にさらに彼方があって闇に消えている。一方永島の句の彼方は昼であり、遠くはあるが一頭の鹿が確かに存在している。作者は一枚の絹のこちら側からはるかな鹿を眺めているのだ。鹿とはなんと想像力をかきたてる生き物であることか。

私はさらに作者の別の一句も挙げておきたい。

蜘蛛の囲の向う団地の正午なり

平成十二年作。そういえば蜘蛛の囲も透けて向こうの見えるもの。詠まれているのは正午。一方、「一枚の絹の彼方」の収録句集名も〈真昼〉。このような符号をひとりの作り手の作品の中に見い出しつつ読むのは興味深い。

## 雲雀落ち天に金粉残りけり

平井照敏《ひらいしょうびん》（昭和六年〜平成一五年）

『猫町』（昭和四九年）所収。春の野に出て、高く高く揚がる雲雀を見上げるのは、一年でもっとも輝かしいといってもいいひとときである。まわり中が光に溢れ、まっさおな空には雲ひとつなく、あたたかく、長閑で、その真中を、雲雀がきらきらとあの特徴的な声を振りまきながらどこまでもどこまでも揚がってゆく。揚がって、揚がって、空気が薄くなりはしないかというところまで揚がって、そしてふいに鳴き止めた雲雀は、こんどは一直線に野に落ちてくる。雲雀の鳴く声は縄張りを主張するもので、高く揚がる雲雀ほど、他の雲雀に対して優位であるらしい。

この句は、雲雀の揚がりつつあった輝く時間が、頂点に達したあとふいに途切れて終わってしまう、その空白感を、まるで天に金粉が残っているようだと言っている。雲雀はそれまで振りまいていたきらめきのいくばくかを天に残したまま、沈黙した一個の身体となって落ちたのだ。作者は雲雀のいなくなった天をなおも仰いで、残り香のようなきらめきに幻惑されている。「空」と言わずに「天」と言い、「金」と言っているために、この句の後ろには黄金の太陽の存在が感じられる。輝きのすべてはいうまでもなくそこから発している。

作者は詩人・評論家として出発し、俳句は加藤楸邨に師事。「槇」を主宰する。

## 揺れやすきところより花咲きそめし

山上《やまがみ》樹実雄《きみお》（昭和六年～平成二六年）

咲く寸前の桜が、裡に秘めた紅に枝先まで紅潮し、風に揺れる。見れば、もうたまらずにほころんだ花がいくつか、花びらを風にふるわせている。そこは最も揺れやすいところ。木のもっとも敏感なところである。「揺れやすきところ」が枝の先端の細さを想像させ、また「咲きそめし」が花季の時間的な先端を思わせて、いやがうえにも繊細さの際立つ句である。昭和四十九年刊の句集『眞竹』に収められているが、制作は昭和二十四年、作者十七歳のとき。その年齢を思い合わせればいっそうあえかさが匂い立つ。作者もまた「揺れやすき」心身を持つ少年であったのだろう。同じ揺れる桜でも、

ゆさゆさと大枝ゆるる桜かな　村上鬼城

とは対照的。鬼城の句は満開の重たげな桜である。

掲句のころ作者はすでに「馬酔木」に投句しており、なだらかな調子と抒情にその影響が見てとれる。またこの句は学生俳句会で山口草堂に激賞され、このとき作者は草堂の「南風」に入門した。草堂もまた「馬酔木」の流れを汲む作者である。

少年の老いたるわれか桃の花

こちらは掲句から半世紀を過ぎての句。桜から桃の花へ。その違いを味わいたい。

## 枯山を水の抜けゆく琴柱《ことじ》かな

吉田汀史《よしだていし》（昭和六年〜）

『浄瑠璃』（昭和六三年）所収。上五中七から下五の「琴柱」への飛躍を楽しむべき句である。そのままえに、ものみな枯れ尽くした山に流れる冬の川を単に「水」として、「枯山を水の抜けゆく」と表現した省略のしかたも意識しておきたい。「水」としたことで、川は概念化し、読者の脳裏には必ずしも川としての水ではなく、水の循環としての川がインプットされる。枯山のどことなく水が抜けてゆくという図は、図として描き表わすことができない。言葉がそれを可能にするのである。

そして琴柱。あの大きく両足を踏ん張った形のものは、形だけを見れば、脚の間を水が流れてもおかしくはない。琴の胴で弦を支える琴柱を思い浮かべれば、弦が水の流れのようにも思われる。あるいは山中にはそのように根の間の開いた樹木もあるかもしれない。即ち琴柱は樹木の隠喩であろう。水は弦である。

加えて、琴柱の支える弦の強い張りへの連想が、一句に緊張を与えている。緊張は冬の山の引き締まった空気、水の冷たさ、裸木の枝々の強靱さへの想像を誘う。

これらのすべてがこの句の味わいである。結果として、全く関係のない枯山と琴とが一句の中で重なり合い、響き合い、絵にならない言葉だけの世界を作り出す。

## 夜泳ぐ砂に女を残し置き　吉田汀史

『游獵』（平成六年）所収。前句と違って、意味的な屈折はないわかりやすい句だが、この中にもあえて作者の技巧を探すとすれば、女性のいるところを、端的に「砂」といっているところであろう。砂浜や浜辺ではなく砂、砂の上でさえなく、ただの砂。

夜の海のことであるから、辺りに人はいない。月はあるのかないのか。夜の闇と、海と、砂と、男と女。恋の句と取っていいだろうが、恋の気分はない。砂という語が一句の中でその気分を打ち消しているからである。そこにあらためて生じる沈んだ静かな恋の様相がこの句の表わすものである。女は砂に座り、男は水中にいる。その温度差のようなものが、男女の隔たりを象徴してもいる。

そもそも俳句には恋の詠まれることが少ない。増幅の装置である俳句では、恋をあからさまに詠めば、その情熱的な面が浮き上がりがちで、俳句の持つ客観的な本質と相反する。だから作者はことさらクールに砂の女を詠んだのである。

作者は徳島の人。今枝蝶人を師系に持ち、その俳誌「航標」を継承主宰する。『名句鑑賞辞典』（角川書店）において作者が選んでいる蝶人の一句を次に挙げておきたい。

雛の日の雪淡く木に触れて降る　今枝蝶人

## 豪雨止み山の裏まで星月夜

岡田日郎《おかだにちお》（昭和七年〜）

『連嶺』（平成四年）所収。さっきまでの豪雨が嘘のように止んで、なにもかもが洗い流されたような夜空に、大粒のそしてたくさんの星が輝き始めた。夜空は中天ばかりでなく、ずっと下の方、山の端まで晴れわたり、山の裏までも星明かりに照らされていることが想像できる。

雪嶺攀づわが影われを離れ攀づ

雪渓の水汲みに出る星の中

などの句からもわかるように、作者は本格的な登山家として知られるから、掲句もテントを張るようなロケーションでの星月夜なのだろう。「山の裏まで」の措辞は実感にちがいない。下界にいては出てこない貴重な言葉である。次のような句もある。

雪原に月光充ちて無きごとし

秋の暮力のかぎり山並ぶ

山気のような力強い透明感で句が満たされている。山岳俳句について作者は「山岳に対して夢と憧憬を生涯持ち続け、自らの足で山へ登った俳人とその作品にのみいえる」と書く。作者の師、福田蓼汀もまた山岳俳人であった。

連嶺に礼して年の改まる　福田蓼汀

## 鶴啼くやわが身のこゑと思ふまで

鍵和田《かぎわだ》柚子《ゆうこ》（昭和七年〜令和二年）

わが身とは作者自身のことで、即ち、鶴の声を聞いていて、いつしか自分で啼いているような錯覚に陥った、ということであろう。上五の主体が鶴なので、中七下五の主体も鶴として読みそうになり、いやそうではなくて「わが身」とは作者のことなのだと思い直すところにごくわずかなひっかかりがあるが、上五の主体である鶴と中七下五の主体である作者とを混同したような文脈に、かえって鶴の声に一体感をもって感動する作者の心の勢いが感じられるともいえる。少なくとも私にとっては、その小さな破綻ゆえにこの句は胸に棲みついた。

この句と同時に思い浮かぶのは次の句。

かりがねの女のこゑを夜空より　猪俣千代子

こちらは柚子の句ほど雁への一体感を表に出してはいないが、夜空を渡る雁の声を、自分と同じ女の声と思うとは、やはり強い共感の表われであろう。これらの句において、作者たちは鶴の声あるいは雁の声に聞き入って、聞き入って、その世界にのめり込んでいく。一種の酩酊感が一句の契機になっているのである。酩酊感は、これらの句のように聴覚的な場合にも、また対象を視覚的にとらえる場合にも起こり、詩とはそこから立ち上がるものである。

柚子は中村草田男を師とし、「未来図」を主宰する。掲句は『武蔵野』（平成二年）所収。

## 渡り鳥みるみるわれの小さくなり

上田五千石《うえだごせんごく》（昭和八年〜平成九年）

『田園』（昭和四三年）所収。続いているのは偶然だが、前頁の鍵和田秞子の句と同じく、この句にも上五と中七下五で視点の転換がある。はじめ作者は地上から渡り鳥を見上げているが、一瞬後には渡り鳥の視線になって、地上の自分自身がみるみる遠ざかっていくのを眺めているのである。大空を渡る野性の生き物と同化することで、作者はあるカタルシスを得、読者もまたそれを追体験する、といった句だ。

このような対象との同化は、アニミズム的な一面を持つ俳句には珍しくないが、鍵和田や猪俣の句が聴覚的であるのに対し、五千石が視覚的なのは、やはり男女の違いであろう。文芸に男女の区別はないとはいえ、男性の句が女性に比べて視覚的であるのはまちがいない。面白いことである。視覚的な句は読者に残す印象に曖昧さがない。

年譜によると、五千石は昭和二十九年、二十一歳のときに神経症を病み、母の勧めで句会に出席、そこで出会った秋元不死男に入門した。以来神経症は快癒したという。このエピソードは中村草田男を思い出させる。草田男もまた若き日に俳句によって世界との関係を回復した一人であった。俳句には確かにそのような効果がある。自分を渡り鳥の目から眺める広い世界に住まわせること。俳句はそれを可能にする。

# これ以上澄みなば水の傷つかむ　上田五千石

『風景』（昭和五七年）所収。昭和五十五年に作られているので、作者はこのとき四十六歳。青年のような純粋な詩情である。秋も深まり、空気は冷ややかさを加え、山中の川の水はいよいよ清冽さをきわめる。透明というだけでは表現できない、水の痛いほどの澄みを、水が傷つくという、起こりえない表現で比喩的に言い表わしている。

作者は平成九年に六十三歳で急逝したが、その一年ほど前に「俳壇年鑑」に書かれた「俳句初心のために」という文章のコピーを私は大切に持っている。その中で作者は、なにゆえに連句の中で発句が独立したかということに触れて、万葉の長歌から反歌へ、反歌から和歌へ、さらに連歌へ、俳諧連歌（連句）へ、そして発句へ、俳句へと詩歌が進化してきた過程を次のように結論づける。

「つまり（詩歌の進化はここに至って）、抒情を排除して詩の本質をあらわにすることになったのです。そして、その発句は抒事でも、抒情でもない、言ってみれば生の今の刻印、存在の認識という未曾有の詩型を生んでしまったということです。俳句は詩の中の詩を以って立ったのです。」

俳句は詩の中の詩を以て立つという高らかな言挙げに、私は深く共感する。

## 倒れしは一生涯のガラス板

桑原三郎《くわばらさぶろう》（昭和八年〜）

『春亂』（昭和五三年）所収。一枚の、立てかけてあったガラス板が倒れた、そこにガラス板の一生涯を見たのだという解釈を読んだこともあるが、私はこの句を読むといつも一生涯分のおびただしい数のガラス板の倒れる大音響が聞こえるような気がする。

一生涯分のガラス板がいったいどれくらいのものかはもちろんわからない。一生涯分のビールとか一生涯に使うボールペンなら計ることができるが、ガラス板の量など思ったこともない。ただ「一生涯」という言葉ほどに、すべての、たくさんのという意味に取るのである。この句は「一生涯」という言葉をイメージ化したものだ。

そのガラス板は窓ガラスほどの大きさではなくて、もっと広く大きい。重なって青みを帯びたそれが、ゆっくりと倒れる。あるものは滑りながら、スローモーションで倒れる。大音響。一面に砕けて煌めくガラスのかけら。

一句自体が、何かとりかえしのつかないものの隠喩になっているともいえる。カタストロフィの快感があるとも読める。ふと、海へたどり着いた氷河が、倒れる氷壁となって崩れる場面が浮かんだりもする。いずれにしても、この句は読者の心をしばし日常的な現実から引き離して、砕け散るガラスの煌めきの中に幻惑する。赤尾兜子に学んだ人らしい句である。

# ほととぎす父を思えば笠智衆

千葉孝子《ちばたかこ》（昭和八年〜）

映画「男はつらいよ」で帝釈天のお上人様を演じていた笠智衆も、亡くなってもうしばらくの時がたった。日本人なら誰でも知っているあのやさしく瓢瓢とした風貌を思い浮かべて、誰もが作者の父上に親しみを感じないではいられない句である。

なんといっても季語のほととぎすが利いている。作者は笠智衆の名前で父のやさしさと親しみやすさを印象づけ、一方でほととぎすという格調のある季語をもってくることによって、父への尊敬の念を表わしたのだろう。生き生きとした、闊達なほととぎすの声とともに、父を詠みたかったのだ。

母の句の多いのに比べて、父の佳句はいうまでもなく、といおうか、母ほど多くない。思いつく句を列記すると、〈父がつけしわが名立子や月を仰ぐ　星野立子〉〈端居してたゞ居る父の恐ろしき　高野素十〉〈父の帯どろりと黒し雁のころ　大石悦子〉〈金亀虫アッツに父を失ひき　榎本好宏〉〈晧として伏すのみの父野分中　友岡子郷〉〈うつぶせに寝て父の夢ヒヤシンス　大木あまり〉などなど。並べてみると、母への思いと比べてどこか屈折した句が多いものだが、中で、掲句は無条件な父への思慕が感じられてほのぼのとする。作者は桂信子の主宰する「草苑」同人。掲句は『水晶』（昭和五九年）所収。

## 白鳥のこゑ天地《あめつち》の鹹《しおはゆ》し

柚木紀子《ゆきのりこ》（昭和八年〜）

掲句を収めた句集の名『鹵凡《ろぼん》』（平成一〇年）とは、海水に浸った湿地のこと。この時期作者は鹵に魅かれ、たびたびフランス、ル・クロワジックの塩田に足を運んでいる。後記で作者は塩田といわず「鹹澤」と書いているが、天然の鹵を産する地の意であるようだ。

滞在は作者の息女の出産の手伝いのためでもあったので、句集の中で鹵の句は生誕の句と作用し合い、響き合っている。たとえば掲句の後には、〈しののめの陣痛白鳥《スワン》かぞへてよ〉〈霜のこゑ羊膜うすくうすく張り〉〈天地《あめつち》の二大円盤氷りけり〉〈臍の緒のあと鹹《しおはゆ》し冬の月〉などの句が続くが、これらは掲句を「白鳥」「こゑ」「天地」「鹹し」に解体し、それぞれを核として再結晶させたものであるし、〈乾坤に鹽の気満ちて鷹のこゑ〉は掲句の別バージョンとして読むことができる。

ことに同じ「鹹し」の語を持つふたつの句は一対として味わいたい。われわれの体内をめぐる血液のシオは、少し前には大地に、海にあったシオである。白鳥の体にもそれは流れ、嬰児もまた鹹き血潮をもって生まれてくる。その大いなる循環。いっときわれわれの体にあったシオは、やがてまた大地へ、海へと還ってゆくだろう。そしてまたはるかな未来、ちょうど今日のような日、鹵凡の上を白鳥が啼きながら飛ぶ。

## ひかり野へ君なら蝶に乗れるだろう

折笠《おりかさ》美秋《びしゅう》（昭和九年〜平成二年）

俳句は道具も体力も必要としない。結核患者の間に療養俳句が広がったのもそのゆえであった。極端に短い俳句という形式は、書き取ってくれる人がいさえすれば、死の迫るぎりぎりまで作り続けることができるのだ。四十八歳で筋萎縮性側索硬化症を発病し、七年余りの闘病の末に逝くまで句を作り続けた折笠美秋は、中でも最も過酷な状況に身を置いて句を詠み続けた作り手といえるだろう。

句集『君なら蝶に』（昭和六一年）は、全身不随、自発呼吸ゼロ、発声不能の中、瞬きなどの合図を夫人が読み取ることによって書かれた句集である。〈春暁や足で涙のぬぐえざる〉〈俳句おもう以外は死者か　われすでに〉などの悲痛な句とともに、掲句のような天上的明るさに満ちた句のあることは、この詩形の恩寵を感じさせる。作者は輝きのすべてを一句に込めたかのようだ。〈藍玉の沸《た》つが如きか人恋うは〉とともに手ばなしの妻恋と祝福の句である。

新聞記者であり、「俳句評論」の創刊同人であった作者の句はもともと知性的で、〈杉林あるきはじめた杉から死ぬ〉〈月光写真まずたましいの感光せり〉〈天體やゆうべ毛深きももすもも〉などのようにいわゆる前衛的な作風であった。掲句が境涯の湿りを感じさせず、純粋な恋の句としても読むことができるのはそのせいかもしれない。

## 夕刊のあとにゆふぐれ立葵

友岡《ともおか》子郷《しきょう》（昭和九年〜）

夕刊がきて、夕暮がくる。つまりまだ日が高いうちに夕刊がきた、ということである。ただそれだけのことが短編小説ひとつ分ほどの情報を携えて、読む者の共感を誘う。

夕刊がくるのだから平日である。働き盛りの人ならば、夕刊のくるころに家にいることはない。そのちょっとした寂しさ。しかしそれは読者の深読みであって、作者はただ事実を述べただけなのだろう。そして言葉とは基本的に肯定的なエネルギーを持つものだから、一句の背後にある寂しさは、作者にとってはよきものとして肯定されていると思っていい。つまりこの句の寂しさは、安らかさとして作者にも読者にも了解される。

俳句のこの働きは、俳句を作る者にとって、とても大きい。どんな出来事も感情も、句にすることで肯定的なものになるのだから。

季語の働きに目を向けてみるのも面白い。植物ならばほかにどんなものが考えられるか。百日紅ならばどうか。酔芙蓉ならばどうか。時候、天象、動物、人事ならどうか。そしてあらためてこの立葵は動かないと思う。人があまりしみじみと鑑賞するのでもない、どこかほこりっぽいようなたくましい花。もちろんよく見ればとても美しい花。季語としての立葵もまた、一句に尽きることのないエネルギーを発散し続ける。『葉風夕風』（平成一二年）所収。

# 夕顔ほどにうつくしき猫を飼ふ

山本洋子《やまもとようこ》（昭和九年〜）

夕顔はウリ科の蔓性一年草で、瓢箪と同種、実は干瓢となる。夏の夕方に五つに浅裂した白い合弁花を開き、翌朝にはしぼむ。

夕顔ほどに美しい猫とはどんな猫なのだろう。まず、白猫である。夜行性である。しかしその先は想像する手がかりがない。夕顔と猫の間には比喩で結びつくような類似性がないからである。しかしそれゆえにこの句は人を魅きつける。

その隔たりを埋めようと、人はいろいろと思いをめぐらすのであるが、『源氏物語』の「夕顔」の巻を思い浮かべるのも一興である。源氏は大弐の乳母を見舞った折、隣家の垣根に、「いと青やかなるかづらの、心地よげにはひかかれるに、白き花ぞ、おのれひとり、ゑみの眉開けたる」夕顔の花を見る。そこだけを思い出して、この猫はいつも隣家との境の垣根にほんのりと居るのを好むのだ、と考えてもよい。

また、花は楚々としてはかないが、大きな実の生ることを思えば、この猫は顔立ちは美しいのに、案外肉付きがいいのだという穿った想像をすることも可能だ。夕顔と猫の間にある目に見えない類似性をさまざまに探ること、それがこの句を読む楽しさである。

作者は「草苑」と「晨」に所属。掲句は『木の花』（昭和六二年）所収。

5

〔昭和一〇年～昭和六〇年〕

# 天皇の白髪にこそ夏の月

宇多喜代子《うだきよこ》（昭和一〇年～）

この天皇は昭和天皇であろう。収録句集『夏月集』は書き下ろしで、平成四年の刊行であるから、今上天皇であってもよいが、この句の白髪のイメージはやはり昭和天皇である。天皇を詠むといった場合、いかにイデオロギーを超えて、さらに深い文芸的真実を言い表わすことができるかに句の成否はかかっているが、この句には、歴史・政治・国家、それら天皇という言葉によって呼び起こされる人の世のもろもろを突き抜けた、きわめてシンプルな明らかさがあるように思う。それは「天」と「白」と「月」という三つの言葉の響き合いのもたらすものである。

そして文字の醸す天上的イメージと拮抗するように、内容としては、冠も帽子も被らない白髪によって、一人の人間としての天皇を描きだしたのであり、その振幅が、夏の夜の開放的な雰囲気とあいまって、この句をニュートラルなものにしている。意識の深さがそれを可能にした。作者はただ天皇という事実を月光の中に置き、月光に任せたのである。

王朝時代以来の雅の伝統の中にある短歌を思えば、天皇を対象化して詠むこと自体が俳句的であるともいえる。評論もよくする知性派ならではの作。

作者は桂信子に師事し、信子の主宰誌「草苑」の編集長をつとめる。

遠くまで行く秋風とすこし行く

矢島《やじま》 渚男《なぎさお》（昭和一〇年～）

『船のやうに』（平成六年）所収。風とは自分の身に触れて初めて感じるものである。だからここへやってくる前や、ここを通り過ぎた後の大気の動きをわれわれはふつう風とは認識しない。ところがこの風はどこか遠くからやってきて、しばらく作者とともに歩き、そしてまた遠くへと去ってゆくのだ。人に風として触れたのち、さらに遠くへと動いてゆく空気をなおも親しく「風」と呼ぶ作者の世界観が、まずのびやか。それは人間中心でなく、自然とその自然をあらしめている存在の側への畏敬に裏打ちされている。

一枚の布のような風、ふさふさの鬣のような風。風は見えないのだから、私たちは皮膚感覚や音によってしか風を感じられないが、この句の風には形がある。おそらく大きな海鼠形の風だ。その秋風のかたまりには、目鼻さえありそうだ。大きく透明な海鼠形の秋風としばらく楽しげに連れだって歩いていた作者は、やがて「じゃあ僕はこの辺で」と秋風を見送る。

古来秋風は日本人に寂しさを感じさせる代表として詠まれてきたが、この句は秋風の持つ寂しさという本意を自明のこととして、大らかに、むしろ意気揚々と詠んでみせた。

見えないものを見えるかたちで表現した句として、次の一句も記しておきたい。

船のやうに年逝く人をこぼしつつ

## ピーマン切って中を明るくしてあげた　池田澄子《いけだすみこ》（昭和一一年〜）

『空の庭』（昭和六三年）所収。この句は「開けることのない抽斗の闇」という発想があるとき突然ひっくり返ったものだと、作者はある文章に書いている。句の表面からはもちろんそのことがわかるはずもなく、わかる必要もないのだが、この辺りの作句上の消息はいかにもこの作者らしい。ピーマンを切っただけじゃないかと言う勿れ。そこで中が明るくなったことに思いをいたす人は少ない。それまで小さな闇を完全に閉じて実っていた野菜のいとおしさよ。実るとは闇を抱くことなのだった。

作者は直感で俳句を作るタイプではない。写生派でもない。思考を簡明化し、日常的な事実に結びつけて一句にするのだ。それもできうる限り口語的・日常的発想によって。たとえば、

じゃんけんで負けて蛍に生まれたの

のように。言葉は単純に見えて、曲折をへている。もともと短歌へのアンチテーゼであった俳句の本質が、俗語を正すことだとすれば、現在、池田のような作り方が最も先鋭的だといえよう。家庭に大部分の時間をすごす女性として、日常から題材を遊離させないという意味でも、作者の潔癖は知れる。それは三橋敏雄を自ら選び、私淑ののち師事したという来歴と無縁ではない。

# 初恋のあとの永き春満月　池田澄子

『ゆく船』（平成一二年）所収。初恋が終わり、人生が始まる。初恋の後の実質的な人生の月日をまるでおまけのようにいった面白さ。作者はたぶん初恋の人と結婚したのだろう。あれからよくぞここまで共に生きてきましたねという句である。しかし初恋が失恋に終わったのだとしてもよい。誰にとっても初恋は振り向けばある春の満月のような良きものだ。

〈産声の途方に暮れていたるなり〉〈いつしか人に生まれていたわ　アナタも？〉〈育たなくなれば大人ぞ春のくれ〉〈考えると女で大人去年今年〉〈葦咲いてわが命けっこう永し〉と並べると、作者が生きて在る時間を常に不思議なものに思いつつ、〈永眠のまえの永住あまのがわ〉と思い定めて生きていることがわかる。

生死を詠むと句はふつう重くなりがちなものだが、これらの句は言葉遣いの軽さにこそ価値がある。無常観を日常卑近なレベルで言い留めるのが俳句の面目である。

そしてこういった姿勢はとても女性的でもある。無常観といったって、大層な難しいものではなく、ごく普通のこんなことでしょ、と言っているのだ。諧謔は男性のものであって、女性はどうも生真面目で俳句には向いていないと以前はよくいわれたものであるが、今日諧謔の心がこんな女性の作り手にこそ生きているように思われるのは面白い。そういう時代なのだろう。

## 前へススメ前へススミテ還ラザル　池田澄子

「俳句」（平成一二年八月号）掲載。終戦のとき作者は九歳。いま戦争の記憶はしだいに俳句から消えようとしているが、作者は意識的に戦争と戦争による喪失の記憶を詠み続ける一人。片仮名は教育勅語をふまえているだろう。また、昭和八年から十三年まで使われた『小學國語讀本』には、「ススメ　ススメ　ヘイタイ　ススメ」の一節があったという。さらに号令の「前に進め」。掲句はそれらの印象の中から詠い出された、静かなひとすじの祈りである。

作者の父は軍医として派遣されていた中支で、昭和十九年に三十四歳で戦病死しているので、この「還ラザル」には万感の思いが籠もる。もう一句、

八月十五日真幸《まさき》く贅肉あり

も、終戦日を詠んだ句。年を経てめでたく付いた贅肉に対する自嘲の句であるが、自嘲ばかりの単純さではない。ほかにも〈秋風と磨り減りがたき二重橋〉〈TV画面のバンザイ岬いつも夏〉〈玉砕の島水筒の腐りがたき〉〈月・雪・花そしてときどき焼野が原〉〈青嵐神社があったので拝む〉など、ときに屈折して、ときにストレートに、作者は戦争への思いを詠む。掲句は無季。次も無季の一句。

おすましに渣滓《さし》や亡父の誕生日

# プールサイドの鋭利な彼へ近づき行く

中嶋《なかじま》秀子《ひでこ》（昭和一一年〜平成二九年）

私が「沖」へ入ってすぐ、ある先輩から中嶋秀子の処女句集『陶の耳飾り』を貸りた。刊行は昭和三十八年、作者が二十六歳のときのものである。先輩は、若い女性の俳句のお手本を示すつもりで貸してくれたのだろう。中で最も印象に残ったのが掲句だった。

同句集にはほかにも、〈虹立つと呼ぶ七人の子供欲し〉〈不意に合う泉の脈とわが脈と〉〈指輪抜き小さく冴ゆる沼見たし〉〈わが主張ひらひらとまづ蛾が背き〉〈セーターの黒い弾力親不孝〉など、現代の若い女性の句と比べても新鮮な句が詰まっていて、私はすべての句を書き写して深い影響を受けた。俳句にふさわしい或る情趣というものが、どこか現実の外にあるのではなく、俳句は今の自分を詠むものだと了解したのだった。散文では当たり前だが、俳句に「彼」の語の使われるのが珍しくて、〈寒いねと彼は煙草に火を点ける〉などと真似をしたこともなつかしい。

鋭利なのは彼なのだが、彼を鋭利だと思う彼女がいっそう鋭利であるのはいうまでもない。刃が刃に近づくように、近づいていくのは彼女の方である。硬質なプールの水の照り返しがこの句には充満していて、彼の顔はよくは見えない。「近づき行く」の一字の字余りが、作者のゆっくりとした動きを強調している。

## ひるすぎの小屋を壊せばみなすすき

安井浩司《やすいこうじ》（昭和一一年〜）

秋の日の午後、芒原にとり残された小屋を取り壊した。そうしたらそこはいちめんの芒原になった。意味的にはそうだが、私はこの句を読むとそれだけではない不思議な温かさを感じる。それは「ひるすぎ」という言葉のせいである。ひと昔前、ひるすぎという言葉には、一日の半分を終えた何とはない充足感があった。ことに早朝からの仕事が勝負の農業にはそんな気分が確かにあったことだろうし、私の子供のころだって、今のように夜ふかしはしなかったから、「ひるすぎ」とは十分に活動した後の、しかもまだ一日がたっぷりと残っているふっくらとした時刻だった。句中の人物は、そんな一仕事を終えた後のついでのように、小屋を壊したのである。「ひるすぎ」とは、芒原にある小屋を壊して辺りがいちめん陽の当たる芒原になってしまうような、そんな時刻のことなのだ。つまりこの句はそのように「ひるすぎ」を定義しているといえる。

村上春樹に「納屋を焼く」という短編がある。何でもない会話の途中で突然、「時々納屋を焼くんです」と言い出す人物が出てくる。世の中にそんな変わった趣味の人物がいるのだとしたら、この句の小屋など格好の標的になりそうである。

作者は永田耕衣に師事。掲句は『阿父学』（昭和四九年）所収。

## こみあげてくる名の一人静かな

上澤《かみさわ》樹実人《きみと》（昭和一二年〜）

一人静はセンリョウ科の多年草で、山地の日陰に、小さな花穂を立ててひっそりと咲く。似た名前で二人静もあり、こちらは花穂を二本立てて咲く。

一人静、そのゆかしい名前を、作者は「こみあげてくる名」であるという。この句もおそらくこみあげてきた一句なのであろう。「こみあげてくる名」などという言葉は、計らいがあって出てくるような措辞ではない。なんとゆかしい名前か、という詠嘆がそのまんま俳句になったのだ。またこの句はその「こみあげてくる」という詠嘆以外には何も言っておらず、その七文字だけで成り立っている句でもある。一人静の花の説明をしているわけでもないし、風景を詠んでいるわけでもなく、名前の印象だけが一句の主題なのだ。

しかしおのずから、名前の印象は花の印象とも重なってくる。一人静の花のありようもまた、人をしてこみあげてくる思いに誘うひそやかさである。一句はひそやかなもの、地味なもの、ゆかしいものへの共感から生まれている。

作者は俳誌「梟」による長野の人で、句集はなく、掲句は「梟」（平成九年七月号）で見たものである。そんな作者のありようもまた一人静的。

人にそう呼ばれて一人静なり　　橋　閒石

# とらつぐみ恋文ひとつひとつ燃す

大石悦子《おおいしえつこ》（昭和一三年～）

虎鶫は鵺《ぬえ》とも呼ばれ、夏の夜や、昼間なら雨の日などに、じつに神秘的な、息のもれるような抑揚のない声でヒーッ、ヒーッと鳴く。

その声を聞きたいと願っていたら、ある夏、山形の山奥で、激しい雨のあがった直後に森のまわり中で鳴く声に遭遇した。夢のようにはかない声が、あちこちから聞こえて、この木か、あの木かと樹上を見上げながら森の奥に誘い込まれそうであった。そんなたくさんの虎鶫の声が同時にしたという話は聞いたことがないので、珍しいことだったのかもしれない。

その直後に掲句を見た。もし虎鶫の声を聞いていなかったら、私はこの句をただ、虎鶫の鳴く夜に、終わった恋の恋文を一通一通燃やしているのだという解釈をして終わっていたかもしれない。しかしこの句の「ひとつひとつ燃す」には確かに虎鶫の声の印象がある。この句は虎鶫の声そのものを詠んだのではないか、そう思ったら忘れられない句となった。

虎鶫のひと声ひと声は、ほんとうにまるで風のない夜の静かな蒼い焔のように、「ヒー」と始まって、揺らめくことなく「ーッ」と消えるのだ。

鵺という、伝説を思わせる、ある意味では雰囲気のありすぎる名称を使わず、「とらつぐみ」とさりげなく平仮名にしたのも計算の上であろう。掲句は「俳句研究」平成十二年八月号掲載。

## まっくらな那須野ヶ原の鉦叩

黒田杏子《くろだももこ》（昭和一三年〜）

『一木一草』（平成七年）所収。作者は幼少のころ、父の故郷である那須黒羽町に疎開していた。まっくらな海のように、闇に沈んでいる広大な那須野ヶ原。そこを横切ってゆく幻は、『おくのほそ道』の旅の途上の芭蕉だろうか。その後ろに就く小さな女の子「かさね」が、ふと幼い黒田杏子のようにも思われる。「那須の篠原をわけて、玉藻の前の古墳をとふ」と芭蕉は書き、さらに、殺生石、遊行柳と歩を進めているが、芭蕉にもまた先人たちの、あるいは説話の中の人物の幻が見えていたにちがいない。

それらのいっさいを塗り込めて、那須野ヶ原は今はただ一面の闇。その渺々たる広大な闇の中で、鉦叩が鉦を叩いている。金の槌を振っているようなチンチンチンという小さな音だけが、闇の中で光を感じさせる。広々とした闇の那須野と、光のような極小の鉦叩、その対比。

作者は山口青邨門であり、「藍生」主宰。季語の現場に立つことをモットーとし、掲句のように、大胆な景の把握をのびやかな言葉の斡旋で表現する。

稲妻の緑釉を浴ぶ野の果に

一茎のあざみを挿せば野のごとし

これらの句にも那須野の気配がないだろうか。広野は作者にとっての原風景である。

いづれにも命傾く九月かな　戸川克巳《とがわかつみ》（昭和一三年〜）

派手でないこういう句が、もしも句会で回ってきたら、私は見過ごしてしまうかもしれない。深く、あまりにも普遍的な感慨なので、空気のように特別な味がしないのだ。

「いづれにも」とは、生と死のいずれにもという意味であろう。自分の命とはいつか消えることなど信じられない気がするほどに確かなものに思えるものだし、またそうでなくては生きていかれないが、身近な人が死ぬようなことがあると、生と死の分かれめは実に気紛れで、いつどのようにぐらりと傾くかしれないということを思い知らされる。ふだんは忘れているが、それが真実である。そのようなゆゆしい事実を、掲句は淡々と詠む。

「九月」という月名が入ってるせいか、私は次の句を思い合わせる。

峠見ゆ十一月のむなしさに　細見綾子

どちらもなんとさびさびとした句だろう。言葉は本来エネルギーであり、人に元気をもたらすものだが、究極的な詩は、根源的な寂しさに根ざす。そしてそれこそが読む者の魂に届く。戸川克巳は筋萎縮症をわずらう車椅子の身であり、掲句は母上の突然の事故死の後書かれたものである。次の句も掲句とともに『雁仰ぐ』（昭和六三年）所収。

炎天の一草となりきりし揺れ

## 新宿ははるかなる墓碑鳥渡る

福永耕二《ふくながこうじ》（昭和一三年〜昭和五五年）

俳句ブームは昭和四十年代後半に多くの若者たちの俳句への参加を促した。私が俳句を始めた昭和四十八年当時、「沖」にも二十代の会という句会があり、その指導をしていたのが福永耕二である。私はそこで俳句の手ほどきを受けた。鹿児島で高校の教師をしていた耕二に上京を勧めたのは能村登四郎であったようだ。昭和四十年、二十七歳で上京し、四十五年の「沖」創刊に参加、同じ年に「馬酔木」の編集長になっている。それから十年の後、わずか四十二歳で世を去るまで、高校教師と俳人そして編集長として、いつも大きな鞄を抱えた師であった。

掲句は、亡くなる年、昭和五十五年に出た第二句集『踏歌』所収。句の制作はその二年前に遡るが、まるで自らの死を予感したような作である。編集のため荻窪の水原秋櫻子宅に通う車窓から見える新宿の副都心の高層ビル群は、作者にとって親しい眺めだったにちがいない。

実際には死んだ友人を思っての作で、「はるかなる」とは、遠い鹿児島から見たはるかなる東京ということであるらしい。鹿児島で死んだ友人の葬儀に行かれなかったのだ。

掲句と対極の明るさにあるのが、「奄美大島」と前書のある次の句である。

浜木綿やひとり沖さす丸木舟

このとき作者は二十歳。ふたつの句の隔たりが、作者とこの時代を象徴しているようだ。

# 寒ければ電球の中覗き込む

白木《しらき》　忠《ちゅう》（昭和一七年〜平成二五年）

『牢として風のなかに』（昭和四八年）所収。私が俳句に興味を覚えたのは、山本健吉の『現代俳句』の文庫判を読んだのがきっかけであった。自分で作る気はなかったが、分厚い本を読み終わるころには五七五のリズムが体にしみ込んで、いつのまにか俳句を作り始めていた。白木忠の句集はその年の夏に出ている。私が初めて買った句集である。そのころは俳句の本は少なかったにもかかわらず、よい本がたくさん出た。塚本邦雄の『百句燦燦』や永田耕衣の『非佛』などは私たちの年代にとってのバイブルであった。

『牢として風のなかに』は瀟洒なフランス装で、序文は小川双々子。〈寒燈の蒼きあたりをゆかんとす〉〈病葉を握りて旅の途中なり〉〈長き夜をゆき橋あれば渡るなり〉〈一滴の声も余さず蟬死せり〉〈夜桜の短かき距離を過ぎつつあり〉〈ひぐらしのこゑのゆきつく柱かな〉〈八月やたとへば雨が黒いとか〉など、どこかへ行く、通過するといった内容の句が多い。小笠原靖和の跋文によると、放浪の幾年かのあった人のようだ。

電球の中を覗き込むというナンセンスな行為に及ぶ青年の寄る辺のなさ。寂しいのでも虚しいのでもなく、ただ寒いのだと作者は言う。寒いという事実と、電球という物体。俳句はそういうものだけで成り立って、しかもなお抒情詩たりうることを、私はこの句によって知った。

# 某日や風が廻せる扇風機

正木浩一《まさきこういち》（昭和一七年〜平成四年）

その春、作者は癌を宣告され、翌年の春にこの世を去っている。掲句は、あわただしく手術を受けた春が過ぎ、いよいよ病の重くなる秋を迎える前の、わずかな小康状態の夏に詠まれたものである。「某日や」という上五は、作者の余命を思えば重いが、事情を知らなければ、水か空気のごとくに軽い措辞である。何も特別なことのない平凡な日の昼間、家族の出払ったがらんとした家で、スイッチの入っていない扇風機が、おりから部屋を吹き過ぎた風でくるくると数回まわったのだ。誰もが見たことのある、ありふれたこの世の光景。ナンセンスな句といってもよい。作者もべつにそれ以上のことを言うつもりはないのである。

俳句は、悲しいとか悔しいとか、死にたくないといった感情を、言う字数がないからでもあるが、いちいち言う必要がない。どうして自分が風に廻る扇風機などに心を留めたのか、そんなこともいちいち考えなくてよい。ただ、ある日、風に扇風機が廻り、それに目を留めたからそう詠んだ、それだけで何かが伝わる。なんと不思議な詩形だろうか。

作者は癌とわかってからのたった一年間に、一冊の句集ができるほどの俳句を遺した。〈かの月の真下なるべし崩れ簗〉〈玉虫の屍や何も失はず〉〈丹頂の紅一身を貫けり〉〈冬木の枝しだいに細し終に無し〉など、掲句とともに『正木浩一句集』（平成五年）所収。

## 永遠の静止のごとく滝懸る　　正木浩一

この句については、私が以前に書いた小文をまず引用したい。

「自分の死後もずっと、まるで不変のもののように落ちつづけるであろう滝。しかし　その滝もただ一瞬一瞬を在り続けているにすぎず、滝のすべてはこの瞬間にある。今の瞬間だけが永遠の顕現するリアルな場なのだ。それなら、その今を共有している自分もまた永遠なるものの一部だと、兄は滝を見ながらそんな認識に打たれ、そして安堵したにちがいない」

滝がしばしば神と見なされるのも、こうした事情からだろう。経過する時間の概念の中に暮らしている私たちに、瞬間のリアルを突きつける。それが大きければ大きいほど、大音響を伴って、滝は人に恐怖にも似た畏怖の念を起こさせる。瞬間のスリットに入り込むことは、自分のアイデンティティーを失うことだからである。

しかし、人間としてのアイデンティティーを失うよりも大きな、死という不安に直面したとき、滝の示すものは癒しに転じる。今の瞬間には存在のすべてがあるし、存在は今の瞬間にしかない。滝が千年存在し続けようとも、滝は刻々と今の瞬間のうちにしかないのである。閃光のように湧き継ぐ存在がすべてであり、永遠とは存在の別称にほかならない。『正木浩一句集』所収。

## 鬼百合がしんしんとゆく明日《あす》の空　　坪内稔典《つぼうちとしのり》（昭和一九年〜）

一読はっきりと意味の取れる句ではない。鬼百合が空をゆくなど、そうめったにあることではないからである。しかし私には、この景そのままの夢を見たことがあるゆえに、忘れがたい句である。

夢の中では、七つほどの花をつけた巨大な百合の一株が空を覆うようにして流れていた。ちょうど映画「未知との遭遇」の未確認飛行物体の母船のような大きさである。しんしんと無韻のままに百合の流れる空の下を、私は少し恐怖にかられながら急いでいる。恐怖は巨大な百合が空を流れるという異常さよりも、百合が霧雨のように花粉を降らせているせいであった。男性が一人、私の前をやはり急いだようすで歩いている。彼は今しも百合の花粉の霧の中へと入っていくところである。あれはもちろん坪内稔典だったのだろう。ただひとつ違っているのは、私の見た百合が純白だったことである。

坪内は俳句を片言性においてとらえていることで知られ、その代表的句はなんといっても、

三月の甘納豆のうふふふふ

であろう。しかし初期の句は抒情的で、掲句も昭和五十一年刊行の第二句集『春の家』に収められたもの。

## 虚子の忌の大浴場に泳ぐなり

辻《つじ》　桃子《ももこ》（昭和二〇年〜）

『桃』（昭和五九年）所収。高浜虚子の忌日は四月八日である。浴場であるからには作者は素裸であるわけで、配する季語に鬱然たる俳人虚子の忌日を掲げているところに茶目気もあり、現代女性の大らかさがよく現れている。それは桂信子が三十年前に、

窓の雪女体にて湯をあふれしむ

と情感豊かに詠んだ女体と比べても、時代というものを感じさせるし、さらに掲句の後に、女性が自分の体を詠んだ今日的な句として、櫂未知子の、

啓蟄をかがやきまさるわが三角洲《デルタ》

を挙げればいっそうその変遷がわかるだろう。櫂の句を中嶋鬼谷は、俳句に初めて正面を向いた全裸の女性が登場したと評したが、面白い言い方である。

掲句を波多野爽波は、鎌倉から大きな丸がついて返ってくるような句と賞賛した。鎌倉とは虚子のこと。多作によって世界をどんどん十七文字に切り取っていく辻の方法もまた虚子のものであった。〈包丁を持つて驟雨にみとれたる〉〈胴体にはめて浮輪を買つてくる〉〈ケンタッキーのおぢさんと春惜しみけり〉〈梨食うてすつぱき芯にいたりけり〉など、生き生きとした臨場感が漲る。作者は「童子」主宰。

# 底紅や黙つてあがる母の家

千葉皓史《ちばこうし》（昭和二二年～）

『郊外』（平成三年）所収。底紅は、茶人の宗旦が好んだのでこの名のついた宗旦木槿のことで、白い花のまん中が赤い。底紅は庭に咲いているのか、あるいは室内に活けてあるのか。後者と解釈した方が、花の存在感はより強くなる。

お茶のたしなみのある母上なのであろう。一人暮らしにも底紅を活ける潤いを忘れない母。戸締まりもしていないのだから、ほんのちょっとの留守なのである。おそらく作者は近所に住んでいる。母のいない母の家で、作者は母の私生活をかいま見るような気がしている。

さらに言葉にこだわれば、底紅の「底」は「黙つて」と響き合い、「紅」は「母」の語と響き合っている。底紅は、息子である作者にもわからない母の心の奥を象徴してもいるようだ。

裸子がわれの裸をよろこべり
大颪やはうれん草が落ちてゐる
敲いてはのし歩いては畳替

これらの句からもわかるように、作者は平明な言葉で景を切り取り、必要以上にむずかしい言葉を使わない。俳句が省略を旨とする文芸であるなら、平明さもまた秀句の必要条件だといえる。作者は石田勝彦に師事、「泉」同人。

## 極月の空青々と追ふものなし

金田咲子《かなださきこ》（昭和二三年〜）

『全身』（昭和五九年）所収。「極月の空青々と」と、「追ふものなし」というそれぞれの部分はなんということはないフレーズであるが、ふたつが合わさると不思議な意味合いになる。意味を汲むとすれば、真っ青な十二月の空を追うものはない、ということだろう。あるいは、空が何も追っていない、とも解釈できる。

そもそも空を追うものがあるかないか、あるいは空が何かを追うという発想を、ふつうはしないのであって、それは作者にしても同じだろう。おそらくこの句は、雲ひとつない青々とした空を見上げていて、「追ふものなし」という言葉が思わず出てきたのだ。したがって、追うものも追われるものもないという主体は、空であると同時に、作者の高揚した心持ち、そして作者自身なのである。真っ青な空に溶け込んでしまいそうな晴れ晴れとした今、作者は空の青と一体になっている。

言葉が意味の枠からはみ出してしまいそうなまでに心情を込める詠み方がこの作者の持味で、たとえば〈死は何かどまん中なり雪ちらちら〉も、死が何のどまん中かは書かれていない。「何かどまん中」という強引な言い方の中に、言葉にならない心情を込めている。俳句は意味ではないから、こんな言い方が可能なのである。

## 南浦和のダリヤを仮りのあはれとす

摂津《せっつ》幸彦《ゆきひこ》（昭和二三年〜平成八年）

高柳重信が編集長だった時代の「俳句研究」には、高柳ひとりが選をする〈五十句競作〉というコンクールがあって、すぐれた戦後生まれの作り手を世に送り出した。掲句はその第一回、昭和四十八年に佳作となった一連の中の一句である。このとき摂津は二十六歳。

掲句の収録された句集『鳥子』（昭和五一年）の序で高柳は、「本当にすぐれた俳人は、ただ一人の例外もなく、そのときどきの俳句形式にとって予想外のところから、まさに新しく俳句を発見することによって、いつも突然に登場して来たのである」と書いている。摂津はまさにそのような存在であり、私たちの世代に絶大な人気があった。

吉野の桜は正統的な「あはれ」であるが、東京の広告代理店に通う勤め人である作者は、南浦和のダリヤを「仮りのあはれ」とするのである。しかしそれが吉野の桜の単なる代替物でないことは、この句の声調の正しさからも、そして作者が生涯二流の正統派になることなく、一流の異端であり続けたことからも明らかである。「仮の」といいながら、斜に構えているのではなく、実は本気で南浦和のダリヤにあはれを見出すのが摂津の方法であったことに、夭折といってもいい若さで彼が世を去った今、私は初めて思い至る。「仮の」とは近代の持つ宿命的な仮構性をはからずも言いあてた言葉であった。

## 露地裏を夜汽車と思ふ金魚かな　　攝津幸彦

『陸々集』（平成四年）所収。比喩の特異さによってさまざまに解釈された句。

作者の属した同人誌「豈」では仁平勝が、「路地裏と夜汽車がなぜ似ているのかわからない人は、つげ義春『ねじ式』の二十九コマ目を見てください」と書いていたり、三橋敏雄は小田急線沿線の路地裏に「夜汽車」というバーがあり、近くには鑑賞魚店があってまさにこの句そのままであったと書いていたりしたが、作者の没後出た追悼文に、攝津が「ろじ」というバーを愛していたことが記されている。長いカウンターだけの黒一色の内装のその店が、彼の夜汽車だったのだろう。

しかしそんな事情を知らなくても、子供のころ遊んだ路地裏は長細い矩形の空間であって、日が暮れて両側の家に灯がともると、路地裏が夜汽車のように思われることはあるだろう。自分もそれらの家庭のひとつに属しているのにはちがいないのに、外にいる限りはまるでそれらの明かりに疎外されているような、みなしご的な寂しさに襲われた、そんなやるせなさをこの句は思い出させる。路地裏はどこへでも行けるこの世の外の夜汽車であった。

攝津幸彦には比喩の面白い句がたくさんあるが、中に〈鐘楼の如く静かに昼御飯〉という句があって忘れがたい。なんという突拍子もない比喩であろうか。

## 葦原にざぶざぶと夏来たりけり

保坂敏子《ほさかとしこ》（昭和二三年～）

『芽山椒』（昭和六一年）所収。先に挙げた金田咲子と保坂敏子はともに飯田龍太に師事し、同年である。けして散文的になることのない俳句独特の言葉使いの大胆さもともに師ゆずり。

この句は葦原にざぶざぶと夏が来たという句意で、夏がまるで大きな足を持っていて、ざぶざぶと青葦の中を歩いてきたような表現が大らかである。これは「葦原に」で切って読む場合。

しかしこの句は「葦原にざぶざぶと」で切って読むこともできる。そうすると「ざぶざぶと」は、主体も動詞も省略されていることになる。「何」が「葦原にざぶざぶと」「何」をするのか。そこに読者の想像の働く余地がある。そういった読みが一瞬なりとも生じるのは、夏が来るというときの形容に、普通は「ざぶざぶと」とは言わないからだ。

もちろん二番目の読みは一瞬頭をよぎるだけで、われわれは一句を読み終わった時点では、すでにざぶざぶとの主体が夏なのだと了解するのであるが、しかしこの一瞬は、この句を何度読んでも、読むたびにおとずれて、私は性懲りもなくそれを楽しむ。

金田咲子の句にからりと乾いた大胆さがあるとすれば、保坂の句には湿度の高い大胆さがある。〈熟柿落つ子の腹踏みしかと思ふ〉〈冬の月いのちわけあふには淡し〉〈夜の秋土鈴いづこの音ならむ〉〈春満月水子も夢を見る頃ぞ〉など、いずれも湿度が高い。

# 冬麗の安田講堂忌なりけり

梅田《うめだ》　津《しん》（昭和二五年〜）

安田講堂は東京大学の講堂。学生運動の激化したのは昭和四十三年であった。東大と東京教育大は翌年の入試の中止を決定。年表によると、警視庁機動隊八千五百人が安田講堂の封鎖解除に出動したのは、昭和四十四年一月十八日のことである。翌十九日、催涙ガス弾などを投入して封鎖解除。逮捕者三百七十四名。大学紛争は鎮静化した。

この句はその一月十九日を詠んだものである。もとより安田講堂忌などという忌日はないから、作者の造語である。しかし逮捕者たちと同時代に青春をすごした作者にとっては、そう呼んでおかしくない思い出深い日なのだ。私もそのとき九州の高校一年生だったが、すさまじい攻勢の一部始終をテレビにかじりついて見たものだった。

前にも述べたように俳句には歴史的事象や事件があまり詠まれない。天安門事件のときには、新聞の歌壇には事件を詠んだ投稿が多くあったのに、俳壇にはなかったというので論争になったりもした。しかしそれは俳人に問題意識のないこととは関係がない。俳句は短いために現象的な事柄を詠むのに適さないのである。掲句は、「安田講堂忌」という俳句的な言い回しと、季語の「冬麗」が利いて成功した例。同時代性のある句として挙げておきたい。作者は「銀化」編集長。掲句は『猫舌』（平成五年）所収。

## 返球の濡れてゐたりし鰯雲

今井《いまい》　聖《せい》（昭和二五年〜）

作者は高校の教師なので、校庭での場面か。それとも返球が濡れていたのは草に置いた露のせいで、それなら草野球だろうか。ボールが逸れ、相手が拾ってきて投げ返した球が濡れていた。掌から頭へ、一瞬伝わり、一瞬後には消える無数の印象のひとつ。

しかしまたそれは二度と帰らぬかけがえのない一瞬でもある。「永遠への入口は日常の中にいくらでも転がっている」と言う作者の見出した、これも永遠への入口にちがいない。鰯雲の広がる青い空、健康な作者。濡れたボールは作者の想念を瞬間エロスへと誘ったかもしれない。作者は作句信条として、「ものを写す、場面を切り取る、情趣を限定せず『自分』をねじ込む」と書いている。これは今井が主宰誌「街」でもたびたび呼びかけている言葉で、即ち、俳句的な情趣を限定しないこと、現代生活の場面場面をシャープに切り取ること。掲句を収める『谷間の家具』（平成一二年）はそういった成果に満ちた好著である。

　向日葵の蕊焼かれたる地図のごと

　菜の花の斜面を潜水服のまま

　うなじから肩へ青嶺をゆくごとし

いずれも俳句的情趣から漏れるものとして、これまで詠まれなかった題材である。

## 万有引力あり馬鈴薯にくぼみあり

奥坂《おくざか》まや（昭和二五年〜）

「鷹」（平成八年三月号）掲載。「鷹」は近年〈二物衝撃〉の方法を掲げて、一句にダイナミックな時空を取り入れようとしてきたが、掲句はその代表的なもの。「万有引力あり」と「馬鈴薯にくぼみあり」の二物が、まさに衝撃して新鮮な驚きを与える。二物は意外な組み合わせでありながら、類似性を持ってもいて、そのあたりの兼ね合いが二物衝撃の句の成否の鍵である。バンユウインリョクの「バ」と、バレイショの「バ」の繰り返し、「あり」と「あり」の繰り返しのために、一句はリズミカルに聞こえるけれども、この句、十音と十音の組み合わせの破調である。

万有引力と、馬鈴薯のくぼみとは何の因果関係もなく、だからこそ二物衝撃なのであるが、引力という言葉は地球の引力を想起させ、私の頭の中ではいつのまにか馬鈴薯のくぼみがまるで馬鈴薯の内部からの引力によって引っ張られてできたもののようにも感じられてくる。

芒挿す光年といふ美《は》しき距離

もう一句、こちらも気宇壮大な句。距離を詠んだ句では山口誓子の〈美しき距離白鷺が蝶に見ゆ〉が有名だが、奥坂は光年の距離を詠んだ。「芒挿す」というからには月見が想像される。作者は月を見ながら、さらにはるかな遠くの星に思いを馳せたのである。

## 飛込の途中たましひ遅れけり

中原道夫《なかはらみちお》（昭和二六年〜）

『アルデンテ』（平成八年）所収。たましいの句というのは作りやすいわりに、佳句の成りがたいもの、気軽には詠まないに若くはない。しかし掲句はたましいに物質感を持たせたことで観念臭をまぬがれている。

人間は肉体という物質と、心や魂や命という非物質とで成り立っているわけだが、高いところから飛び込むとき、肉体は物質そのものの速度で落下する。それでたましいの方はおいてけぼりを食うというのである。高飛び込みをするときには、恐怖のせいで確かにそんな心地がしそうである。たましいが物質としての肉体と一体になっていられるのは安全なときだけなのだ。

作者は機知の人。ごく初期に、

白魚のさかなたること略しけり

という句もある。背鰭も尾鰭も内蔵もあるのかないのか判然としない白魚を、魚であること自体を略しているのだという。機知が上滑りしないのは、どの言葉にも作者の育った新潟の風土がしっかりと重石として働いているからなのだろう。作者は「沖」で能村登四郎に師事し、平成十年「銀化」を創刊主宰。魂を詠んだ愛唱句をもうひとつ挙げるとすれば次の一句。

陰干しにせよ魂もぜんまいも　橋閒石

## 舟揚げてより草の音夏の月

大屋《おおや》達治《たつはる》（昭和二七年〜）

『龍宮』（平成八年）所収。湖に遊んだ一日が暮れて、舟を草上に引き上げているところだろう。水上にあってずっと耳に奏でていた水音が草の戦ぐ音に変わった。見上げるといつのまにか明るい月が掛かっている。

七・五・五のリズムが効果をあげている。この重心が上にあるリズムのために、「夏の月」がいわゆる俳句らしい韻律を以て一句を締めくくるというよりは、「草の音」「夏の月」と、並列して言いさす感じに終わっており、そのことが月の明るい夏の夜の、草上の涼しさと、心の軽やかさを伝える。清新な句である。

しかし作者の持味はむしろ次のような句にあるかもしれない。

一滴の天王山の夕立かな

歴史ある地名を生かして夕立の最初の一滴を詠んだこの句は、また作者の師の、

祖母山も傾山《かたむくさん》も夕立かな　山口青邨

という有名な句を思い起こさせる。先生、僕も山の名と夕立で一句詠んでみましたよ、という気分であろうか。歴史を踏まえ、先人に挨拶の心を以て新しい句を生み出してゆくこの作者の方法がよく出ている句である。

# 雨の糸まじへ千筋の糸桜

片山由美子《かたやまゆみこ》（昭和二七年〜）

『天弓』（平成七年）所収。桜は満開の一歩手前がいちばん美しいが、これもそんな枝垂れ桜であろう。おりから雨が降り始めた。雨の筋が、枝垂れた桜の枝の隙間隙間を落ちてくる。雨の落ちてくるありさまを雨の糸といい、糸桜と掛けているので、いかにも雨の落ちるさまと桜の枝垂れるさまが同列に感じられる。糸桜と雨とを全く別のものとしてとらえるのではなく、雨が枝垂れ桜の世界に取り込まれている。

視線は天を仰がず、あくまで糸桜だけに向けられ、その視野へ入ってくる雨だけが見えている。作者の視野は糸桜でいっぱいである。作者は糸桜のかぶさる枝の下へ入っているのかもしれない。そうしたことすべてが、繊細に読者に伝わるのはレトリックの巧みさによる。糸の文字を重ねたこと、中七のマジヘチスジノの細々とした響きによって、われわれは雨中の糸桜を目の当りにする。

まだもののかたちに雪の積もりをり

も同じく読者に正確に風景を見せることのできる句である。雪はものの形をなべて丸くする。すっぽり覆われてなお下にあるものが何であるかわかるのは、いっときのことである。作者は鷹羽狩行門。

安房は手を広げたる国夏つばめ　鎌倉佐弓《かまくらさゆみ》（昭和二八年〜）

『潤』（昭和五九年）所収。安房は千葉県の南部、房州の旧国名。その海岸線が手の五指をぱっと開いた形をしている、という句。作者は高知の出身なので、関東との行き来にはたびたび飛行機を使ったにちがいない。その機上からの印象だと思われる。同じく地方出身の私にも親しい眺めである。「手を広げる」という開放的な表現と季語によって、いやがうえにも明るさを感じさせる。掲句は後に作られた次の句と照応するだろう。

女身とは光をはじく岬かな

自分の肉体と外界の自然の類似性を見出すことによって、外界との一体感を得る俳句の作り方は、女性に特有のものである。近代においてはあまり重んじられなかったそのような原始感覚は、今また詩の方法として有効になりつつあるように思われるが、季語を有する俳句形式はその方法に確かに向いているのである。発生以来男性のものであった俳句形式が、いま広く女性に浸透しているのも、それゆえではないだろうか。

作者は現在、夫、夏石番矢代表の俳誌「吟遊」の編集長をつとめ、国際的なネットワークを持って活動しつつ、俳句の未来を探る。

未来より滝を吹き割る風来たる　夏石番矢

## クレヨンの黄を麦秋のために折る

林《はやし》　桂《けい》（昭和二八年〜）

麦秋の黄金の景を描こうとしている作者がいる。作者はこのときおそらく二十歳位であったと思われるから、クレヨンのもたらす印象は実際の年齢より幼い。もちろん作者はノスタルジックな場を作り出すために、それを意識している。

俳句は言葉の増幅の装置、従って助詞ひとつ接続詞ひとつが一句の成否を左右する。この句の場合、「黄のクレヨン」ではなく「クレヨンの黄」としたことで、黄色の色彩それ自体が鮮明に一句の主役になっていることが重要なのはいうまでもないが、描くという言葉を表に出さず、「ために」「折る」としたこと、わけても「折る」のもたらす挫折や小さな破壊の印象が、青春詠としての陰影を深くしている。クレヨンという言葉のもたらす実年齢とのギャップはこの作者の虚構性の表われであろう。次も虚構性の勝った佳什。

いもうとの平凡赦す謝肉祭

林もまた高柳重信時代の「俳句研究」の〈五十句競作〉に投句した一人であった。「未定」「吟遊」に参加するなど、一貫して結社誌によらず同人誌を拠点とする。高柳から受け継いだ多行形式や、すべての句に詞書をほどこすなど、方法に最も意識的な一人。掲句は『銅の時代』（昭和六〇年）所収。作者は平成十三年、新たな場として同人誌「鬣」を創刊した。

## 淡海といふ大いなる雪間あり

長谷川《はせがわ》　櫂《かい》（昭和二九年〜）

『蓬莱』（平成一二年）所収。淡海は琵琶湖のこと。雪間は本来、降り積もった雪が春になって解けはじめ、ところどころ地面の見えることを言うが、この句では湖を大きな雪間になぞらえて、雪に囲まれた琵琶湖の春めくさまを言ったもの。

鑑賞には直接の関係はないが、この句は河野裕子の、

たつぷりと真水を抱きてしづもれる昏き器を近江と言へり

の印象があって出てきたイメージであるらしい。河野の歌は琵琶湖が器といえるまでに視点をかなり高いところへ引いた歌で、湖を器という小さなものに譬えたわけだが、それと同じことを作者は雪間という言葉でしてみせたのだ。これもある意味での本歌取りといえようか。

従ってこれは実感や写生の素朴からは遠い、知的な作り方であり、すべての土地や言葉をいったん歴史に照らしてからとらえ直すこの作者らしい方法である。しかし河野の歌を別にしても、湖を雪間と表現すること自体の面白さはあるだろう。空を飛ぶ鳥の目から見たら、琵琶湖は大きな雪間として見えるかもしれない。事実や実感の裏づけがリアルであるのも、作者が単なるレトリック派ではないゆえん。次の句にも同様の確かさがある。

春の水とは濡れてゐるみづのこと

# さらしくぢら人類すでに黄昏れて

小澤《おざわ》　實《みのる》（昭和三一年〜）

鯨の捕獲が制限されて久しい。鯨を食べるとは野蛮な、という批判に、では牛ならいいのか、といった議論もあった。子供のころ、さらし鯨に酢味噌をかけた一品が苦手だったのを思い出すが、それほどに鯨はごく普通に食卓に並んでいたものだ。作者も、私とそれほど年齢が違わないので同じようなものを食べて育ったのだろうと想像する。

「さらしくぢら」は、つまり昭和三十年代後半くらいの時代の記憶を呼び覚ますために置かれた言葉である。日本が高度成長を始めたのがちょうどそのころで、昭和三十五年末、所得倍増計画決定。三十六年、農業基本法公布。三十九年、東京オリンピック開催。経済発展は良いことも悪いことも引き起こしながら、私たちはここまできた。私たち人類は黄昏れているのだろうか。この句はその問いかけであるといえるだろう。

作者はあまり理屈をつけてこの句を読んでほしくないかもしれない。「さらしくぢら」というノスタルジックな食べ物の名前を平仮名にして上五へ持ってきた詩的効果。人類が黄昏れるという壮大な概念に対して、この上五の巧みさは、作者ならではのものだ。さらし鯨を知らない読者にはわからないかもしれないとはいえ、そういう句があってもいいのである。

作者は平成十二年に「澤」を創刊。掲句は『砧』（昭和六一年）所収。

## 背泳ぎの空のだんだんおそろしく

石田郷子《いしだきようこ》（昭和三三年〜）

安全な地上にいるとき、あるいは大勢で見上げるとき、われわれは空を恐ろしいと思ったりはしない。作者は背泳ぎでだんだん浜辺から遠ざかり、ふと気づくと、たったひとりで大空に対峙していたのだろう。ちっぽけな人間としての自覚が、急に恐怖心を呼び起こす。空は日常のベールを脱ぎ、リアルな様相を顕《あらわ》にして作者に容赦なく覆い被さってくる。

畏怖の念といった方がいいかもしれないが、このような恐怖はさまざまなときにやってくる。一人で滝の前に立つとき、水中でたったひとりになるとき、夜の山に踏み込むとき。われわれはなんと無力で、すぐに恐怖を感じてしまうことか。しかし畏怖の念に打たれることこそが詩の始まりでもある。一体感はその後にやってくる。だから、詩を生むためには海も山も一人で対峙した方がいいのである。

春の山たたいてここへ坐れよと

思ふことかがやいてきし小鳥かな

摘草の空いくたびも昏みけり

正確に把握し、大胆に、シンプルに表現する。作者は俳句のそのような醍醐味を早くから摑んだ一人。山田みづえ主宰の「木語」に所属。掲句は『秋の顔』（平成八年）所収。

# 月見草月の国より薬もらふ

市川千晶《いちかわちあき》（昭和三四年〜）

月見草は私の最も好きな花だ。待宵草ではない方の、今はあまり見られない本物の真っ白な月見草のことである。夏の夕べ、暮れかけるころから細長い蕾の斜めに捻じれた筋に添って白い花の色が覗きはじめ、すっかり暮れるころに四弁の花びらが真平らになるまで開ききる。やがてまもなく花びらの漲る力が弱まりはじめると、こんどは真っ白な花弁にうすうすとピンクの色が差してゆく。朝になるころにはすっかり萎れ、花の色も濃くなり、あの白い花のどこにこんな赤い色が隠れていたのだろうと思うほどである。

この句は月見草が純白の花びらを開いたときを詠んだものだろう。平らになるまで開ききった花弁の上に、まるで無防備に宙にさし出された雌蕊とそれを取り囲む雄蕊を、作者は月の国のものだと見なしたのである。月から、ではなく、「月の国」からもらったのだ。

満月の日などに月見草の開く一部始終を見ていると本当にそんな気がする。月見草はまわりの一切に目もくれず、ただ月の光だけを感じて咲く。月光が花弁の純白の上に載って耀うとき、宙にある蘂は月の国のもの以外の何ものでもない。掲句は「鷹」平成八年八月号に載ったもの。

月見草を、私も次のように詠んだことがある。

月のまはり真空にして月見草　　正木ゆう子

## 悉く全集にあり衣被

田中裕明《たなかひろあき》（昭和三四年～平成一六年）

『花間一壺』（昭和六〇年）所収。どんな全集も、全集というからには何万円も何十万円もするものだし、置いておくスペースも要る。だからそう簡単に買えるものではない。作者は欲しかった全集をやっと手に入れた。これでもうその作家のどんな作品も居ながらにして読むことができる。そんな喜びの日、夕食に衣被が出た。ああ、自然界も収穫の秋なのだ、という気分。下五の食物は一見取り替えがききそうである。冷奴はどうか。菊膾はどうか。木の芽和はどうか。しかしやっぱり衣被だろう。里芋の子芋をまるごとふかした素朴な食物は、若い作者がやっと揃えた全き全集の喜びにふさわしい。

作者の師の波多野爽波はかつて、「青」の若手の双璧であった田中と岸本尚毅を、

尚 毅 居 る 裕 明 も 居 る 大 文 字　波多野爽波

と詠んだ。期待され大切にされながら鍛え合う良き結社だったのだろう。現在の俳句にはどことなく関西風と関東風があるが、田中の句は、

たはぶれに美僧をつれて雪解野は

蚊柱や城つくることここに決めし

にしてもどこか関西の風がある。作者は「青」終刊後、平成十二年に「ゆう」を創刊主宰。

## 雨だれの向かうは雨や蟻地獄

岸本尚毅《きしもとなおき》（昭和三六年〜）

「俳句研究」（平成一二年八月号）掲載。「ホトトギス」流写生の方法のエッセンスを、岸本尚毅ら、若いころから波多野爽波主宰の「青」で研鑽した作者たちは色濃く受け継いでいるが、掲句もその典型的な成功例だろう。誰もが見たことのある情景であり、言葉としても特別なことは何も言っていないのに、これまで誰もこうは読まなかったという景である。

雨だれも雨も、ともに上から水滴の落ちてくることに違いはないが、作者はその二種類の水の降下を全く別のものとして目に留めている。読者の目にも、雨だれが雨に混じり合うことなく、雨の手前にはっきりと見える。それがまずこの句の手柄。さてそこになんという季語を持ってくるか。凡手ならば夏の植物を持ってくる。

掲句は下五に蟻地獄を据えたことで、四囲の環境をありありと想像させる。床下に蟻地獄のあるような建物の内に作者はいるのだ。寺か、それに準ずる古く大きな建造物。

雨のせいで暗がりとなっている内部から、開け放した縁を通して、ただ降る雨を、作者は眺めている。縁の下の蟻地獄の巣の周辺は乾いた細かな土であり、雨の湿と土の乾の対照も味わいのうちである。また、蟻地獄の語に「地獄」の文字の含まれていることも隠し味となっていて、この句から『羅生門』を連想すると言った人のいたことも頷ける。

## 父の恋翡翠《かわせみ》飛んで母の恋　　仙田洋子《せんだようこ》（昭和三七年〜）

『橋のあなたに』（平成三年）所収。「父の恋」を詠んだ句といえば、すぐに中村草田男の〈雪女郎おそろし父の戀恐ろし〉が思い出される。これは親の婚外の恋に子供が感じる恐ろしさを詠んだものだが、掲句は対照的に明るく幸福な句である。その恋によって自分は生まれたのだという深い肯定の心が明るさの源である。

この句は三段切れ。上五と中七と下五がそれぞれ切れていて、そうすると普通は句がのびやかさを失うものだが、この場合はそのことが視覚的な効果をあげている。「父の恋」と「母の恋」の間を翡翠が飛んで繋いでいるように感じられるのである。まるで両岸に、織姫と彦星のように佇む父と母を、恋のキューピットのように翡翠が飛ぶ。翡翠の俊敏さと色彩の美しさも、一句に清潔で華やかな印象を与えている。

一句にこめるまっすぐな肯定の心はこの作者の持味である。こんな句もある。

百年は生きよみどりご春の月

生まれたばかりのわが子に、死よあるな、百年は生きよ、と祈りを込めて命じているのだ。「百年は」だから、百年以上生きよといっているわけで、ずいぶんな母性本能なのだが、作者に迷いがないので思わず納得してしまう。

## 山藤が山藤を吐きつづけおり

五島高資《ごとうたかとし》（昭和四三年〜）

山藤は間違えることなく毎年山藤の花を咲かせる。桜の木は桜の花を、ミモザの木はミモザの花を咲かせる。開花は植物の生殖作用だから、どんな植物も自らの子孫の絶えぬよう、一心に自分の花を咲かせるのだ。掲句は、花を単なる鑑賞の対象としてでなく、植物の営みとして眺めている。吐くという動物的な言い方に山藤のたくましさが見てとれる。

いま山藤の木が山藤の花を吐いていると解釈したが、これを山藤の花が山藤の花を吐き続けていると取ってもいいだろう。いずれにしても、おびただしく花房を吐き続ける山藤は、庭などにある普通の藤が揃って花房を平和に垂らして咲くのと違って、宿主の木に這い上り、巻き付き、まさに花を吐くのである。

そしてこの句は想念をさらに遠くへ誘おうとする。つまり山藤は、種の保存のためでなく、実存的な意味で山藤であるために、山藤の花を吐き続けているというふうにも解釈できるのだ。自分が自分であるとは、何によるのだろうか。五島高資は五島高資であり続けるために五島高資を吐き続け、私は私であるために私を吐き続ける。掲句は『雷光』（平成一三年）所収。

海峡を鮫の動悸と渡るなり

もう一句、こちらは九州の五島出身の作者らしい、みずみずしい海の一句。

## 落蟬に力が湧いて裏がえる

仁野《にの》芙海《ふみ》（昭和六〇年〜）

本書をこの一句をもって締めくくる。この句は平成十二年のNHK全国俳句大会ジュニアの部に応募された当時中学三年生の作品である。力強い句だ。死んでいるかに見えた落蟬が生きていて、自力で裏がえった。その一部始終に作者は心を奪われて見入ったのであろう。小さな生き物の営みを温かく見守るといった単に優しい目ではなく、蟬の命に乾坤の力を見てとって、圧倒されている謙虚な目である。森羅万象のどんな細部にも、そういった力は漲っている。

本書で見てきた昭和三十年代から現在までの年月は、経済発展とそれに伴った自然破壊の年月であった。そのただ中で、俳句は自然諷詠の看板を掲げながらも無力であった。

破壊はまだ止んでいない。それどころか、二〇〇一年の秋以降、あらたな戦争による破壊によって世界はますます混迷の度を深めている。私たちは次の世代にこれをどう釈明すればいいのだろうか。仁野さんの世代は破壊に責任がないが、しかし疲弊した自然の中で、彼女たちはどうにかしてさらに次の世代を育てていかなければならないのである。

それでも私はこの一句の中に希望を見出す。森羅万象の輝きに驚き感動する心があれば、きっとうまくいくだろうと考える。落蟬に力が湧くように、力が湧いて、破壊とは逆の方向へとわれわれが方向転換する日を信じたいと思う。

# 増補

## 幌蚊帳を匍い出てよりの月日かな

岩下《いわした》四十雀《しじゅうから》（大正二年〜平成一八年）

今はあまり見かけないが、幌蚊帳とは幼児に被せる小さな傘状の蚊帳のことである。夜は部屋いっぱいに大きな蚊帳を吊るにしても、昼間は幌蚊帳で子供だけを蚊や蠅から守る。蚊帳も幌蚊帳も要らなくなったのは、ひとえに網戸のおかげである。かく言う私も幌蚊帳のお世話になった世代であり、〈母衣蚊帳の中にこの世を見覚えき〉と詠んだこともある。見覚えたこの世のさまを覚えているわけではないが、紗の掛かった風景であったことは間違いなく、薄い繭の中に守られている感じといえばよいだろうか。匍い出てのち、はっきりと見え過ぎる世にまみれて、人は残りの数十年を生きる。

この句を収めた『覿面《てきめん》』は平成一四年の刊で、作者はすでに卒寿の高齢。あまりの面白さに人に貸して行方不明となったこの句集からは、ノートに夥しい句を書き写しており、読むたびにその練達の俳諧味に感じ入る。例えば、〈嫂《あによめ》に別趣ありけり黒日傘〉の艶、〈孕み穂を握りつつ放しつつ行けり〉のさりげない日常の感触、〈雪吊りのたるみのほどを鑑《かがみ》とす〉の「鑑」の可笑しさ、〈濡れ縁の端はほんらいおぼろ谷〉の虚実、かと思えば〈江の島に原子炉は無し初日の出〉などという句があったり。蚊帳の句ではほかにも〈青蚊帳の上の水練愚兄弟〉があって忘れがたい。

## 蚊帳といふ森失せて彼の魑魅《すだま》らも

文挾夫佐恵《ふばさみふさえ》（大正三年〜平成二四年）

蚊帳つながりで思い出す句をもうひとつ。上等のものには絹の絽や紗を使ったと聞くが、庶民の家の蚊帳のほとんどは麻や木綿で織った緑や水色のもので、白の裾に青いぼかしの入ったのもあった。森というからにはこの蚊帳は緑だろう。吊り手のある天井のところどころに赤い力布の付いているのが、補色対比でなまめかしい。

「蚊帳といふ森」で連想するのは、次の比喩。

青蚊帳の海の底ひに寝しづもり　篠田悌二郎

母在せり青蚊帳といふ低き空　澁谷　道

蚊帳は森であり、空であり、海でもあった。それほど想像力を刺激するものだったということである。単に虫除けのためにその中に入るというだけでなく、眠り、夢みる場所であることが、より想像力をかきたてたのだろう。

掲句において、蚊帳という森は、実際の森とも重ねられている。森のようであった蚊帳が失せ、本物の森が失せれば、もう魑魅の住まうところはない。しかし魑魅はいなくなったのではない。魑魅がいなくなるはずがない。彼らはどこへ行ったのか。蚊帳に眠れば夢にまた戻ってきてくれるだろうか。『青愛鷹《あおあしたか》』（平成一八年）所収。

## 紅葉のすぐれぬままに四方あり

山本紫黄《やまもとしこう》（大正一〇年〜平成一九年）

収録句集『瓢簞池』（平成一九年）の命名は三橋敏雄。後書によると、瓢簞池とは浅草公園にあった活気と明るい猥雑さの漲る人工池。明治一七年に周囲の田圃を埋め立てるために東京市が掘ったもので、昭和二七年に浅草寺本堂の再建資金捻出のため再び埋め立てられ、現在は馬券売場に姿を変えたとある。後書にはさらに「俳句とはよれよれでかっこいいもの」という記述もあり、それならば、あまり景気のよろしくないこの句を冒頭に据えることに、作者も異存はないかもしれない。

前々頁に引いた岩下四十雀の句に相通じる俳諧味は、これらの人々から私たちの世代が受け継ぎ損なったものである。しかしこのえも言われぬ句境を味わうことくらいはまだできる。紅葉を美しいと詠むなど、女子供か貴族のすることで小っ恥ずかしいと思っていたかどうかはわからないが、斜に構えたようでありながら、この格調はどうだろう。大人の句である。そしてこのような作者のつねとして、言葉に艶がある。例えば〈秋水を見つめ眦《まなじり》あがりしか〉〈夜は灯る袋もあらむ袋掛〉のように。〈わるいけどあんたがきらひ夜の秋〉も面白いし、〈油揚を醤油ころがる十三夜〉も美味しそう。〈爪切で糸切ることも冬の旅〉〈水は淵をゆづり合ひつつ夕桜〉などのうまさには唸ってしまう。

## きちきちと鳴いて心に入りくる

大木《おおき》あまり（昭和一六年〜）

富安風生は〈きちきちといはねばとべぬあはれなり〉と詠み、加藤楸邨は〈しづかなる力満ちゆき螇蚸とぶ〉と詠んだきちきちと飛蝗は同じもので、はたはたともいう。風生のきちきちは哀れに過ぎ、楸邨の飛蝗は重々し過ぎるとすれば、あまりの句はその中間の、きちきちをきちきちらしく詠んだ白眉の一句である。

焦点を当てるべきはもちろん「心に入りくる」のところ。一見平明であり、何も特別な言葉は使っていない。しかし、ならばどんな意味かと問われて、うまく言い表すことができない。ときに感じるこのような俳句の解釈のし難さは何なのだろう。それなのに、心に響き、心に残る。それこそ心に入りくる。

きちきちのような儚いものも、きちきちちきちきちと律儀に鳴いて、いつか人間の心に入ってくる、人間に哀れの心を呼び起こす、というようなことか。つねに物思いでいっぱいの心にも、きちきちの入り込む余地はある。低いところから、きちきちちきちきちと、押しつけがましくなく鳴いて飛ぶ飛蝗に、いつしか私の心は慰められている、というようなことか。そうだとすれば、この句に込められた思いは、なんと複雑で静かで、弱い者に寄り添う優しさを含んでいることだろう。『星涼』（平成二二年）所収。

# 舌に氷片積乱雲の味がする

高野《たかの》ムツオ（昭和二二年〜）

積乱雲の味とはどういう味か。その前に、積乱雲とはどういう雲か。
別名入道雲。夏場、地面近くが暑く、上空に冷たい空気があるときに、強い上昇気流によって発生。上部は成層圏に達し、雲の中で最大。下界に豪雨や雹、霰、突風、竜巻などをもたらす。氷晶が形成されるのは、上昇した水蒸気が上空で冷やされるからで、やがて大きくなった氷晶や雨粒が上昇気流に逆らって落下を始めると、雲の中に激しい対流が起こり、下降する氷晶と上昇する氷晶とがぶつかるなどして静電気が起き、雲が帯電。電圧が高まると放電する。このような説明を読んでいると、しだいに口中に積乱雲の味がしてこないだろうか。すなわち嵐の味。

氷片はたまたま作者が口に含んだ、たとえばオンザロックの氷やかちわり氷かもしれない。積乱雲が降らせた雹を舐めてみたとも考えられるが、私は前者と解釈したい。

この句のもたらす面白さは、われわれが遥かな積乱雲の味をあれこれ想像するところにある。俳句は文脈の省略と飛躍のおかげで、大自然をこれほどまでにわが身に引きつけることができる。この句を記憶しているゆえに、私は巨大な積乱雲を仰ぐたび、口中にかすかに成層圏の風味の混じった氷の味を感じるのである。『蟲の王』（平成一五年）所収。

# 泥かぶるたびに角組み光る蘆

高野ムツオ

二〇一一年三月一一日、東日本大震災が発生。この句はそれから間もない三月二三日の読売新聞に載ったもので、震災関連の句がマスコミで人の目に触れた最初ではなかったかと思う。まだ被害の全貌も明らかでない混沌の中、小さな光のような句。

それにしても不思議な光である。作者は希望という言葉を意識して詠んだのではないだろう。希望という言葉など思いつかない、先も見えない、ただただ次々と明らかになってゆく惨状に誰もが言葉を無くすしかない時期だったのだから。それでも作者は光を詠んだ。

このあと、〈瓦礫みな人間のもの犬ふぐり〉〈車にも仰臥という死春の月〉〈陽炎より手が出て握り飯摑む〉などの震災詠を作者は次々と発表し、それに励まされるように俳壇には夥しい震災詠が生まれてゆく。それら悲惨さを極めた句群の始めにあって、この句はまるで生まれての赤ちゃんのような無垢な光を宿している。

震災詠は、これまでの俳句の尺度で測れないところがある。それらはすべて予め言葉をなくした状態から始まっているからだ。評価の定まるのはもっと後だろう。しかし詠むという行為の重要さはまた別の問題である。それは記録するに価する。作者はおそらく、光を見たからただそれを詠んだのだ。それは、ああ、という感嘆詞のようなものである。

## かぜの子に敬礼をしてかぜ心地　細《ほそ》谷《や》喨々《りょうりょう》（昭和二三年〜）

句集『二日』（平成一九年）には他にも、〈螢火の明滅脈を診るごとく〉〈喉を診る真ッ赤におはす風邪の神〉〈死にし患児の髪洗ひをり冬銀河〉などの句が見えて、掲句もおそらく病院での患者とのやりとりだろうと想像される。しかし作者が小児科医と知らなくても、これが親子の距離感ではないことはわかるのではないだろうか。その上で、一句を満たす温かい愛情は紛れもない。

学校を想像してもいい。塾や、あるいは交通整理のおじさんでもいい。日常接している親しい間柄であることが感じられる。だから、医師と患者であれば、外来患者ではなく、もしかしたらすでに入院している子供がさらに風邪を引いたのかと想像される。読む者はそれらのことを、ただ「敬礼」の一語から読み取るのである。廊下で擦れ違ったか、病室を訪れたか、おどけて敬礼をする作者に、子供も敬礼を返しただろうか。

うちまたの子のあしあとも柚子湯かな

こんな句もある。こちらは家庭での作か。足跡に焦点を当てたのみに、なんと愛情を感じさせる句だろう。これが外股ならば句にならないことも俳句の面白さ。多くの子供に生死のレベルで接し続ける作者ならではの、優しく深い子供の句である。

## 寒禽の取り付く小枝あやまたず　　西村和子《にしむらかずこ》（昭和二三年〜）

『かりそめならず』（平成五年）所収。この句じたい、正確に小枝を摑んで留まる敏捷な寒禽のような句である。

小鳥ではなく、「寒禽」。その「寒」のもたらす緊張感と、「キン」の響きの鋭角な印象。留まるのではなく、「取り付く」という正確な観察。おそらく枝が斜め、あるいはもっと立っているのだ。小枝をしっかりと摑む小鳥の細い脚まで見えてくるようである。

さらに、「あやまたず」。ここに詠まれているのは、単に敏捷な小鳥が小枝を摑んだという視覚的な状景だけでなく、摑むべき小枝を狙ったとおりに正確に摑んだ、という小鳥の賢さなのであった。実に何の計算もなく、見たままを詠んだようでありながら、観察の行き届き方といい、言葉の斡旋といい、写生句のお手本のようだ。

写生句に限らず、例えば、ご主人の初盆を詠んだ〈盆支度すなはち京へ旅支度〉にしても、たったこれだけの言葉に、どれほどの情報が込められていることだろう。水際だった言葉の斡旋と構成によって、もろもろの感情はすべて表現の後ろに引っ込み、凛とした一句が寡黙に、雄弁に、すっくと立っているのである。俳句は上手くてこそ人に伝わるということを、あらためて思う。

## 青鷺に漏斗をひらく銀河系

永末恵子《ながすえけいこ》（昭和二九年〜平成二八年）

鳥の中では青鷺が好きと作者から聞いたことがある。青鷺は私も遭遇すれば見詰めずにはいられない鳥。格別の大きさといい、グレーと白と黒の配分といい、重たげな飛び方といい、わけても心に響くのはあの声である。ぐえっと聞こえる。はっきり言って悪声である。しかし夕暮の水辺で塒《ねぐら》へ帰る青鷺の特徴的なあの声と重たい羽ばたきを聞くと、逢魔が時の寂しさもまたこの世の華のように思われる。

わが銀河系に漏斗状の部分があるかどうかは定かでないが、科学的には無くとも、この句には確かにあって、それが少しも不自然でない。そこにいる巨大な青鷺も、星座や星雲に生き物の名前の多いことを思えば自然である。しかしあくまでもこの青鷺は星などではなく、生きて悪声を発する生身の青鷺でなくてはならない。

星雲などの宇宙の映像が、ときに妙に生々しく人体の内部に似ているところから想像を飛躍させて、身体の内部に漏斗状の部分を探してみるのも一興。マクロの宇宙とミクロの体内と、地上の青鷺のスケール感が一句の中で難なく重なり合えるのも、言葉の面白さである。次の句とともに『ゆらのとを』（平成一五年）所収。

水仙やしーんとじんるいを悼み

# 鮎を焼く月若く火も若くして

田島風亜《たしまふうあ》（昭和三一年〜平成十一年）

月が若いとは、月齢が若い、すなわち二日月や三日月が夕空に掛かっているのだろう。日が沈みかかり、それを追う繊月が光を放つ束の間の時刻、作者は鮎を焼くための火を熾す。火がまだよく育ちきっていない、それが「火も若くして」。月はともかく、火はこれまで若いなどと形容されたことはないのではないか。月も火もともに光るものであるが、月は遠く、火は近くにあり、また月はおそらく冷たく、火は熱い。それらのこもごもの印象の裡に、作者の濡れた鮎のような、あえかな若々しい心が感じられる。

作者の唯一の句集『秋風が…』は平成一一年十二月、作者の命と擦れ違うようにこの世にもたらされた。だから、作者にこの句集の感想を伝えることができたのは、関係者を除けば私一人であった。縁あって校正刷の段階で読み、死の床にファックスで手紙を入れたのである。俳壇的には無名であったにもかかわらず、五十五歳の若さでのこれほどの成果には目を見張る。ネット上で全句を読むことができる。ここにもさらにいくつかを挙げておこう。〈愛されてゐるさ空蟬そこかしこ〉〈泣くにまだ早き河原や二月尽〉〈竜胆にたぢろぐ心卑しき日〉〈さびしかなしやさし十一月の雨〉〈貧乏の意地もゆるびぬ日向ぼこ〉〈白梅の香や白梅を去りしとき〉。句集名は〈秋風が芯まで染みた帰ろうか〉による。

## 春は曙そろそろ帰つてくれないか

櫂《かい》 未知子《みちこ》（昭和三五年〜）

「色紙に書けない句」がわが喜び、と作者が書いているとおり、〈佐渡ヶ島ほどに布団を離しけり〉とどちらを掲げようかと迷いながら、人類の半分を占める男性にはどちらも耳の痛い句かもしれないと思わないでもない。〈雪まみれにもなる笑つてくれるなら〉なら人懐こく切ない人物像がうかがえるし、〈一瞬にしてみな遺品雲の峰〉なら普遍性のある秀句と思っても、やはり色紙に書きにくい句こそ引きたくなるのが櫂未知子なのである。なにしろ〈うまれつき外連《けれん》のこころ雲の峰〉なのだから。

『枕草子』の「春はあけぼの。やうやう白くなりゆく山ぎは」を引くまでもないが、上五の「春は曙」の部分だけでなく、「やうやう」を「そろそろ」と転じて句に取り入れているところ、芸が細かい。

女性がいつも後朝《きぬぎぬ》の別れを惜しんでいるとは限らないのは、古《いにしえ》からの本音であったとしても、現代でもこうはっきりと言い放つことは稀である。しかし率直さは斥力にもなれば引力にもなるのであり、この句や佐渡島の句の作者にして、〈ストーブを蹴飛ばさぬやう愛し合ふ〉の赤裸々にも深く納得する。面白いということは残酷なことでもあり、句に痛々しさの伴うところが魅力の源である。

# 死ぬときは箸置くやうに草の花

小川軽舟《おがわけいしゅう》（昭和三六年〜）

死ぬことばかりは誰の経験談も聞くことのできない、ぶっつけ本番の体験である。家族の死を何度看取ったとしても、自分の死に関してはあいかわらず何の手がかりもなく、未知であり、謎である。ゆえに、家族の死を詠むことはあっても、死そのものを俳句にするのは憚られるし、死の句に納得することはめったにない。これはそのめったにない一句。

一読、あ、そうなのか、と心が軽くなるのは、私がさしあたり今日は死なないと思っている呑気さのせいばかりではないだろう。「ごちそうさまでした」と箸を置く。そんな日常と地続きのさりげなさで死を迎える、そんな死もあり得る、という安堵。

さらにここにあるのは、人生は食事のようなものという比喩である。人生が食事のようなものならば、そんなに重大に考えることもない。せめて美味しかったと言って終わりたい。添えられた「草の花」という季語が、いかにも慎ましく充足した生涯を象徴すると同時に、甦る命も予感させる。一生が一回の食事なら、食事をする主体は死なないのであり、それを仮に魂と呼ぶとして、私たちの魂には再び食事の機会が与えられるだろう。それは苦行ではなく、楽しい食事なのである。それにしても壮年の男性とは思えない死生観。作者はこのような句がどうしてできたか記憶がないと言う。「鷹」平成一九年十一月号所収。

## 果てしなき涼しさといふ夢も見き

高山《たかやま》れおな（昭和四三年〜）

果てしない寂寥の夢なら見たことがある。それが現実ならば生きてはいけないような、耐え難い寂寥そのものの夢。幸い、実人生は夢の中ほど抽象的でもなければ純粋でもないので、目覚めて平気で生きていけるのだが、夢の厄介さは感覚や感情を極端に増幅させることだろう。だから作者の言う果てしない涼しさも、この世にはあり得ないほどの涼しさであって、きっと四次元を超えた涼しさなのである。死後のような涼しさ。

収録句集『ウルトラ』（平成一〇年）には他にも、〈雛壇を旅立つ雛もなくしづか〉〈陽の裏の光いづこへ浮寝鳥〉〈どの蚊にも絶景見えて柱なす〉などの句を覚えているが、どの句も第一句集とは思えない大人ぶり。さらに〈抽象の兎追ひけり具象の山〉〈曲学し阿世し下痢し冬帽子〉などの挑戦的な作もあって、作者の行き先が興味深かったのだが、案の定といおうか、第二句集『荒東雑詩』（平成一七年刊）はすべての句に長い前書が付く懲りようで、〈麿、変？〉なる怪作も混じっていて、またそれが好評なのであった。

『現代秀句』の初版が出て十年、俳壇は大きく様相を変えてきて、今も変えつつある。その重要な位置に立つ高山を、『ウルトラ』時代の素朴な読者であった私は戸惑いつつ遥かに注視するのみ。

# 水仙たえず己れにかえる影の上

宇井十間《ういとげん》（昭和四四年〜）

誰にでもあることだと思うが、子供のころ、ぼんやりしているときに、時々この句の水仙のような気分になることがあった。体と意識が遊離してしまう感じといったらいいだろうか。突然、自分を見知らぬ人のように感じるのである。それは、ぼんやりしていてふと我に返ったときに起こる一瞬の感覚で、完全に我に返ってしまえば、自分は再び自分の体に収まり、またもとの日常が戻ってくる。この句を読むと、その感覚が蘇る。

宇井十間という名前は、哲学者のウイトゲンシュタインなのだそうだから、哲学の研究者である作者の本意はもっと深遠な思想を下敷きにしているのだろうが、しかしそう遠いものでもない気がする。子供は哲学者である。大人になった私は、単に自分が自分であることに慣れただけなのだ。

恐ろしいのは、子供の頃のあの感覚こそが真実だと想像することである。というより、それこそが真実だと、本当は大人も知っている。物質にどんどん分け入っていけば、そこには何も無いと物理学者が言うように、見えている世界は一瞬一瞬新たに湧き継ぐ幻なのだろう。たまたま肉体を持った命は、絶えず我に返ることによって、水仙であり続け、私で在り続けているだけなのかもしれない。句集『千年紀』（平成二二年）所収。

## 人類に空爆のある雑煮かな

関《せき》 悦史《えつし》（昭和四四年〜）

まず自解を引く。「前年末からテレビはずっとイスラエル軍によるガザ地区への空爆を映し続けていた。（中略）連日ヒトという種への怒りと無力感にさらされ続けた。己もその一体に他ならず、その心の荒れはこの愚行と一つながりであるという認識を、時空の巨細・遠近を包括する形で句にし、対象化しようとした」。

この句から思い出すのは、フォークランド紛争のときの小池光の歌、「あきらかに地球の裏の海戦をわれはたのしむ初鰹食ひ」である。小池が「われはたのしむ」に込めた苦い思いを、俳句ではそう言う必要がないということに、形式の違いが感じられる。この両者の作品を読むと、私はなぜかルイ・アームストロングが「この素晴らしい世界」をベトナム従軍兵の前で歌ったあの感動的な映像を思い出す。

俳句はものを言えないのでなく、言う必要がない。ゆえにより非情に物事を対象化するということに、関は意識的だ。現実にまみれながら、対象化するのが彼の方法である。それは、東日本大震災を詠んだ〈烈震の梅の木摑みともに躍る〉〈屋根屋根が土が痛がる春の月〉〈テラベクレルの霾《つちふ》る我が家の瓦礫を食へ〉〈足尾・水俣・福島に山滴れる〉などにも顕著である。『六十億本の回転する曲がつた棒』（平成二三年）所収。

## ことごとく未踏なりけり冬の星

髙柳克弘《たかやなぎかつひろ》（昭和五五年〜）

人類はまだどの星にも行ったことがない。その事実を言うのに、さまざまな言い表し方があるとして、「未踏」という、きわめて直接的で地球的な言葉を使うことで、逆にロマンを際立たせた句である。普通ならばもっと絵空事然と詠むところだ。

さらに未踏といえば、未だ踏んでいないだけで、そのうちに行けるかもしれないのだから、この言葉を使うことで、作者は遥かな星々を身に引きつけているともいえる。要するに冒険の匂いがする。さらにこの句に分け入ると、星はほとんどの場合ガス体であるなどという科学的事実は全く無視されている。星はすべてまるで月面のような砂地か山頂のような岩場であり、人類が到着するのを待っている。そういう意味では劇画的でもある。

作者は「鷹」を主宰した藤田湘子の最晩年の弟子で、若い人には珍しい結社育ち。句集『未踏』（平成二一年）は他にも、〈名曲に名作に夏痩せにけり〉〈うみどりのみなましろなる帰省かな〉〈真夜中の飢や泰山木の花〉〈ダウンジャケット金網の跡すぐ消ゆる〉など、青春性と安定した技術のバランスの取れた佳什を収める。また、東日本大震災後の被災地に赴いて詠んだ〈サンダルを探すたましひ名取川〉〈瓦礫の石抛る瓦礫に当たるのみ〉などは、被災していない俳人の作として、ぎりぎりの誠実さを示した秀句である。

## ここもまた誰かの故郷氷水

神野《こうの》紗希《さき》（昭和五八年〜）

毎年夏休みに松山で開かれる「俳句甲子園」は、平成二四年で第十五回を数えた。神野はその第四回大会で、〈カンバスの余白八月十五日〉により最優秀賞を受けた、いわば俳句甲子園出身といわれる俳人のごく最初の一人である。

収録句集『光まみれの蜂』（平成二四年）には最初の方に、高校生の匂いのする〈起立礼着席青葉風過ぎた〉〈お帰り放送ひんやりとリノリウム〉などの句が並んでいて初々しい。俳句を始めると同時に仲間がいて、切磋琢磨し、競争し、毀誉褒貶にさらされるという、これまでの若者にはなかった俳句の始め方をした彼女たちはなかなか頼もしく、高齢化を言われる俳句の世界に新しい潮流をもたらしつつある。

神野の強みは新鮮であると同時にオーソドックスな一面を兼ね備えているところで、掲句などそのよき一例である。誰の脳裏にもある「氷」という旗の揺れる炎天の景。そのなつかしさ。そこがどこか知らない土地であっても、誰かにとっては大切な故郷なのだ。〈起立礼着席青葉風過ぎた〉にしても同様だが、「今」「此処」を詠みながら、作者にはこの場所・この瞬間を俯瞰的に人生の一場面として見る別の視点がある。醒めた、それゆえに哀しみを秘めたその視点は、これからものを書き続ける上での宝物になるだろう。

## あぢさゐはすべて残像ではないか

山口《やまぐち》優夢《ゆうむ》（昭和六〇年〜）

句集『残像』（平成二三年刊）所収。俳句甲子園出身者から、女性代表の神野に続き、男性からは出身者で初めて角川俳句賞を受けた山口優夢に登場してもらおう。山口は〈小鳥来る三億年の地層かな〉で第六回俳句甲子園最優秀賞を受賞している。

「残像」と言い、「ないか」と疑問形で終わっているので、いかにも曖昧な詠み方である。残像と書いてあろうとも、俳句では読者の目に紫陽花がはっきりと見えるのであるが、それがモノクロームであることが、時代の、或いは二十代の、或いは作者の気分なのだ。

この非現実感は角川俳句賞を受賞したときの〈秋雨を見てゐるコインランドリー〉にもあった。洗濯機が回っている間、ぼんやりと雨を眺めている作者は、まるで世界の外にいるように思われる。彼は傍観者である。手触りの希薄な世界へのもどかしさは、誰の若い頃にも覚えがあるものだが、この句の憂愁は時代のせいか、もっと濃い。そこがコインランドリーであるところも時代である。

しかしもちろん誰もいつまでも傍観者でいるわけではない。この後、いやおうなく実世界に飛び込んだ作者に、これからどんな俳句が展開していくのだろうか。

山口や神野の後ろには、多くの高校生たちが続いている。

# 新・増補

# 身に覚えあるシベリアの寒波来る

村松路生《むらまつろせい》（大正一一年～平成三〇年）

掲句を見たのは、俳誌「麻」（嶋田麻紀主宰）平成三十一年四月号である。作者の遺作特集が組まれていた中の、最後がこの句だった。追悼号はすでに出ていたが、その後見つかった未発表の随筆や俳句を、埋もれさせてはならじと、あらためて特集したもののようだ。随筆には、太平洋戦争さ中の昭和十八年、満州で腸チフスに罹患し、陸軍病院で三週間生死の間を彷徨ったこと、その後捕虜となってシベリア送りとなったことなどが綴られていて、そのような体験を書く人は、もうこの後にはあまり出ないだろうと思われた。

それにしても、掲句のシンプルさはどうだろう。「シベリアの寒波来る」だけなら殆ど天気予報で使われる普通の語彙。そこに「身に覚えある」が冠されているだけである。そのたった七音に、人生の重みがすべて掛かっている。俳句という文芸の、なんという寡黙さだろう。

本書三六頁に〈スペイン風邪以後の歳月風邪ひかず　佐藤一喜〉があるが、剛直・含羞・無欲という意味で、路生氏にも同じ印象を受ける。二句ともに、時代の証言である。過去のことだと思っていたスペイン風邪が再来したかのような現在、路生氏の経験した戦争による抑留といった事態だけは再来することがあってはならない。

# おもかげや泣きながら原の夕茜

石牟礼道子《いしむれみちこ》（昭和二年〜平成三〇年）

『石牟礼道子全句集　泣きながら原』（平成二七年）の後書によると、「九重高原、特に泣きながら原という薄原の幽邃な美しさに魅入られたのが、俳句を作るきっかけになった」という。それは俳人穴井太の一行との旅だった。一九七〇年頃のことらしいが、掲句を詠んだのは、それから半世紀近く後の二〇一四年の春である。それまでの年月がどういうものであったかは、道子の水俣病に関する膨大な著作が物語る。その間も「泣きながら原」はずっと作者の裡にあって、ひっそりと心を通わせる場所であり続けたのだろう。

無季だが、作者は薄原をイメージしていよう。この句の制作の後、同年の初夏に終の栖《すみか》となる老人施設に入所してからの道子は、新聞社の依頼もあって俳句に力を入れ、それに伴って、文章にも「泣きながら原」がたびたび登場するようになる。曰く、「初めて訪ねて以来、その美しい響きから、悲しみにおおわれたこの世をイメージする場所になりました。」「水俣病問題などの現実の悲劇に遭遇すると、私の魂は身悶えして、悲しみの原野にいざなわれます。そこには誰もいません。私は独り、涙を流すだけです。」（『色のない虹』）

面影は、精神を病んだ祖母か。それとも優しかった母か。あるいは不条理の中で強く生きる水俣の人たちだろうか。そこへ行けば、私の脳裡には石牟礼道子の面影が浮かぶにちがいない。

## がつたんと年越す寝台車の中で

依田明倫《よだめいりん》（昭和三年～平成二九年）

「がつたん」は、重いものがゆっくり動くときの音である。列車といえば、「がたんごとん」の連続音が思われるが、「がつたん」だと一音。それなら列車が動き出すときの音だろうか。午前〇時、作者は眠っていただろう。途中停車駅からゆっくりと動き出した列車の「がつたん」に作者は目覚め、時計を見て、ああ年を越したのだと気づく。大晦日なら、旅へ出るのではなく、帰宅。北海道の家を目指して、雪の中を列車は北へ向かっている。鉄の重さと、ゆっくりとした動き、そして闇がこの句の核心であり、「がたん」とは違う「がつたん」、その「つ」一字が、句のトーンを決定している。

作者は高浜虚子の晩年の弟子。骨太かつ自由な作風は空知《そらち》の大自然仕込みである。掲句を収めた『農場』（平成二五年）には、〈ぐるりの木鮭を燻すもよろしいか〉〈石炭の暖はベッドの芯にまで〉〈みなはだけみづうみのやうみな昼寝〉〈星全部はだかで光りダリヤの上〉〈鴨猟や僕には襤褸《ボロー》ニング銃〉等、自在の作がぎっしり。鴨猟の句は、若かりし頃、お古にもらった猟銃を、ブローニング銃を捩《もじ》ってからかわれていたのだとか。作者に網走の博物館へ案内してもらったとき、展示してある様々な鳥を、すべて先ずは旨いか旨くないかで説明されたことを思い出す。明倫さんはどんな鳥だって、食べたことがあるのだ。

# はらわたの熱きを恃み鳥渡る

宮坂静生《みやさかしずお》（昭和一二年〜）

『山の牧』（平成一二年）所収。渡りをする鳥は、春にも秋にも移動する。北半球では、春には北へ、秋には南へ。しかし俳句で「鳥渡る・渡り鳥」といえば、秋限定の季語であり、秋に北方から渡って来る鳥や、国内を南へ移動する鳥、また日本から去って南の国へ行く鳥たちをいう。同じ秋の渡りでも、種類によって、「小鳥来る」「燕帰る」「鷹渡る」といちいち動詞が違うので紛らわしいが、それは日本を中心に考えるからで、俯瞰してみれば、要するにすべての渡り鳥は、秋には南へ移動し、春はその逆である。

何千キロにも及ぶ長距離の渡りを、一年に二度も、鳥たちは体ひとつで敢行する。恃むのは己の熱きはらわたと翼のみ。なぜ鳥たちはそうまでして移動するのだろう。

ここから先は私見だが、鳥たちは何処かへ行こうとして移動しているわけではないのかもしれない。動いているのは大地（地球）の方で、公転によって太陽との位置関係を刻々と変えてゆく地球の上で、鳥たちはただ太陽に対して同じ位置を保とうとして飛翔しているのではないか。定住して暑い寒いと冷暖房に頼る人間と、快適な気候を求めて場所を変える鳥たちと、どちらがいいだろう。渡り鳥を見上げて、そのひたむきな飛翔に崇敬の念さえ覚えるのは、私だけではないだろう。

# うららかや崖をこぼるる崖自身　　澤《さわ》　好摩《こうま》（昭和一九年〜）

この句から思い出すのは、

虹自身時間はありと思ひけり　　阿部青鞋

である。どちらも「虹」「崖」に、「自身」という意外な言葉がくっついて、天象や地形が自意識を持つものとして詠まれている。好摩はもちろん読者が青鞋の句を知っていることを想定しているだろう。青鞋への挨拶句と言ってもいいが、同じ言葉を使いながら、全く違う世界を展開し、しかも能く響き合う。両句は個性の違う双子のようだ。

青鞋の句は、時間がテーマである。「時間はある」と虹は思った。その通りに虹にはちゃんと時間があった。文字通りに読めば、そういう句だ。

対して、好摩の句は「存在」を詠む。崖の表面を零れ落ちる土は、まだ崖といえるのか、もう崖ではないのか。崖はいつから崖なのか。そんな禅問答のようなことを考える作者には、日々見慣れた馴染みの崖があったのかもしれない。自ら剥落しながら、自らを減らしつつ変容していく崖。それもまた消えてゆく虹と同様、無常の時の中にある。

時間と存在、天と地、水と土、湿と乾、虚と実。「自身」という言葉を蝶番にして、二つの句は様々な対照を成しつつ、言葉の絶景を見せてくれる。『光源』（平成二五年）所収。

## 真昼そよ吹く風曼荼羅に麦刈れり　沢崎《さわさき》だるま（昭和二七年〜）

七・七・五の音数だが、さらに三・四・七・五と刻んで読むと、三・四・七までがまさに風の息のようにそよそよそよと三度《みたび》身に及ぶ気がする。風を受けているのは麦を刈る人である。ゆったりとした韻律によって、静けさと充足感が読者の裡にも注ぎ込まれる。

神仏を網羅的に配置して描き、宇宙の真理を現すという曼荼羅《まんだら》。そこに「風」を冠した「風曼荼羅」が、句全体を天上的な至福感で満たしている。砂で描く「砂曼荼羅」という言葉があるので、ここでは風が空間に曼荼羅を描いていると解釈していいだろう。風が目に見えるように描かれている。

掲句は平成二十七年の読売新聞に投句されたもので、遡る平成二十三年にも、

芋を植う強き余震にもろ手着き

という質実の作があった。収録句歌集『真昼』（令和元年）には、他にも農作業を詠んだ佳什が多い。私家版ゆえ、入手しにくいと思われるので、さらに数句を引いておきたい。〈土作り即ち甘き大根かな〉〈言ふまでもなく我が掘りし自然薯なり〉〈稲刈りて恋失ひし如くなり〉〈睡魔来てしばし目つむる茄子手入れ〉〈垂れそめし稲穂や誰ももう死ぬな〉〈晴三日四日目目に掘る里芋は〉〈ネギを植う人の影さへ嫌ふてふ〉。

## 狼は亡び木霊は存《ながら》ふる

三村純也《みむらじゅんや》（昭和二八年〜）

句碑が奈良県の東吉野村にあるという。そこはニホンオオカミが最後に（明治三十八年）捕えられた場所で、ネットで調べると、咆哮する狼の像が立っている。咆哮というより、遠吠だろうか。絶滅した今、仲間のいない山中に遠吠し続ける姿が胸を打つ。

掲句は狼と木霊を対照させた。狼は絶滅したが、樹木の木霊は存在し続ける、という句意。その事実を示すだけで、それ以上のことは読者に委ねられている。強いものは亡び、静かなものは亡びないと解釈してもいい。樹木こそ地球上生命の根幹であると思ってもいい。狼を駆逐し樹木を伐採し続ける人間を顧みてもいい。しかしそこまで踏み込まずに、木霊に見守られながら生き、亡んでいった狼の哀れを受け止めるだけでいいようにも思う。

狼の声そろふなり雪のくれ　内藤丈草
絶滅のかの狼を連れ歩く　三橋敏雄
おおかみに螢が一つ付いていた　金子兜太

こうして並べると、狼の声はつい最近まで聞かれていて、その姿を見なくなった人間がいかに狼に心を寄せているかがわかる。大神と崇められるほどに、狼は日本人にとって特別な動物だったのである。『常行』（平成一四年）所収。

## ビル、がく、ずれて、ゆくな、ん、てきれ、いき、れ　　なかはられいこ（昭和三〇年〜）

「WE ARE!」第3号（平成一三年一二月）所収。「2001.09.11」と題されている。作者は川柳作家だが、ジャンルを超えて、アメリカ同時多発テロ事件を詠んだ短詩形として随一の作品である。私たちが、言葉を失ってテレビの画面に釘付けになったあの夜、ニューヨークは晴天の朝だった。ツインタワービルに立て続けに飛行機が突っ込み、やがて二棟ともが真下に向かって崩れていった。その信じられない光景は、繰り返し繰り返し放映され、そのたびにビルが崩れてゆく。

作者は自分を「ひらがな好き」と書いている。この句も「ビル」以外はすべて平仮名表記。普通の文章に直すと「ビルが崩れてゆく。なんて綺麗。きれ」。しかし読点を入れて平仮名にしたとたんに、意味が解体し、別の時間がスローモーションのように流れ始める。

何かが「ガクッ」と折れ、何かが「ずれて」ゆく。「崩れてゆくなんて」というフレーズもかいま見える。最後の二句を「いきれ」と読めば熱気が迫る。最後が「れ」で途切れているので、「いき」を「息」と読めば、意識が途切れる感じがする。言葉は、重なったり分断されたりしながら、幾重もの意味を放ち、さらに、読点のたびに一句の流れにストップモーションがかかって、ビルが駒落としのように崩れてゆく。

# 天網は鵲の巣に丸めあり　恩田侑布子《おんだゆうこ》（昭和三一年〜）

『夢洗ひ』（平成二八年）所収。同じ上五の〈天網は冬の菫の匂かな　飯島晴子〉が直ぐに思い出されるが、前掲（二六一頁）の青鞋と好摩の「自身」に見るような共通項は、「天網」の二句には無い。しかし「天網恢々疎にして漏らさず」（老子）の「天網」という架空のものを、嗅覚や視覚でとらえた俳句が、ともに女性の作であることは興味深い。それにしても、飯島がせめて天網をそのまま天に置いているのに対して、天から引きずり下ろして丸めてしまう恩田の大胆さは痛快である。

多分、鵲の巣を見たまんまの感想なのだろう。直径一メートル近くにもなるという球形の巣を、網か何かを丸めたようだと思い、天網ならば面白いと思ったのではないか。実感があってこその、飛躍だったのではないだろうか。だからこそ丸められた天網という突拍子もないものが、読者の目にも見えるように納得される。

掲句は結果的に社会風刺の一面を持つが、悪の蔓延る世を憂う暗さはなく、むしろ楽天的な明るさだけが心に残る。カササギというア音の響き。七夕の天の川に架かる鵲橋の印象。さらに「鵲巣《じゃくそう》風の起こる所を知る」というこの鳥の予知能力。「喜鵲」という中国風の呼び名、などなど鵲の持つ瑞鳥のイメージが、この句を明るく彩っている。

## 羚羊の糞の両端尖りをり

谷口智行《たにぐちともゆき》（昭和三三年〜）

『星糞《ほしくそ》』（令和元年）所収。書名は隕石のこと。収録句に〈ふんだんに星糞浴びて秋津島〉があるので、作者は流星の意味で使っているだろう。星糞にはもうひとつ黒曜石（石器の材料）という意味もあり、私も好きな言葉だ。美しいものの極である星と、対極にある糞とのギャップ。流星も黒曜石もともに美しいもの、しかも時空を超えて美しいものであり、そこに「糞」という文字の使われる言葉の妙。これは聖と俗を統合する谷口の俳句の方法にも共通している。

羚羊の句は平成二十七年の角川俳句賞応募作中の一句で、私は谷口を一席に推し、掲句を「こんなに清潔に糞が詠まれるのは希」と評した。後に作者の随筆で、この句の現場が熊野の神域であったことを知り、糞にさえも清らかさの宿る言葉の不思議を思った。

熊野は作者の産土である。『星糞』には他にも、〈ありあはせなれどもといふ鹿の肉〉〈猟犬の仔なれ狼鳴きをして〉〈麩のごとき蝙蝠の子を拾ひけり〉〈栗茹でし鍋湯を風呂に足しくる〉など、山気横溢する作が多く収められていて、軽浮な現代俳句には貴重な世界。聖俗の統合を体現した一集の中で、次の句は聖そのものである。

神ときに草をよそほふ冬の月

## 牛死せり片眼は蒲公英に触れて

鈴《すず》木《き》牛後《ぎゅうご》（昭和三六年〜）

『にれかめる』（令和元年）所収。「にれかむ」は、牛などが反芻すること。作者は牛を飼い、牛を詠む人である。

牧野での急死だろうか。牛の倒れた野に蒲公英が咲いていて、その一輪が牛の眼球に触れている。ふつう命あるものの目はきわめて敏感で、眼球に物が触れようとすれば反射的に閉じるもの。それが開いていて、蒲公英が触れている。帰って来ない牛を探しにきた作者は、それを見ただけで、牛の死を悟ったにちがいない。

まだ透き通っているであろう眼球と蒲公英のクローズアップを思い浮かべていると、私の脳裏では、眼球の球面がしだいに天体の球面のようにも見え、映画『２００１年宇宙の旅』で闇に浮かぶそんな天体を見た気がしてくる。それは私の深読みのせいばかりでなく、この句があまりにも静謐だからだ。一句の空間には、牛の眼球という死と、蒲公英という生だけがある。しかもその二つは、対極にありながら、親和していて、蒲公英はまるで牛の死を知っているかのようだ。しかしそんな静謐の空間からふと我に返れば、この句はどこまでも即物的且つ冷静であり、斃れた牛の周囲には、ただただ春の息吹に満ちた牧野が広がっている。

# 見えさうな金木犀の香なりけり

津川絵理子《つがわえりこ》（昭和四三年〜）

『和音』（平成一八年）所収。春の沈丁花と、秋の金木犀は、濃厚な香りで季節の到来を告げる花の双璧。漂い出た香りの塊が、木から離れたところまで遠征してきて鼻腔に届く。本来は見えない香りが、「見えさう」なのは、その濃厚さゆえ。黄金色の金木犀、その香りがまるで黄金色を帯びた気体の塊として、物質のように感じられたのだろう。「感覚・印象・行為」などを、端的に「見える物」に置き換えるのがこの作者の方法である。

切り口のざくざく増えて韮にほふ

例えばこの句では、「切る」という動作を「切り口」という見える物に置き換えている。また、「増やし」と他動詞にせず、「増えて」と自動詞にしたことで、調理している作者の姿が消え、韮の存在だけが生き生きと際立つ、という次第。もう一句。

断面のやうな貌から梟鳴く

断面とは、梟もびっくりの、大胆な把握だ。確かに梟の貌は平べったい。輪切の金太郎飴のよう。それらの印象を「断面」という物質的な言葉ひとつで言い表した。さらに一句を面白くしているのは、「貌から」の「から」である。まるで、梟と梟の貌が別にあるようではないか。貌さえもが、梟という主体から切り離された「物」のように描かれている。

## 人参を並べておけば分かるなり

鴇《とき》田《た》智《とも》哉《や》（昭和四四年〜）

『凧と円柱』（平成二六年）所収。上五・中七・下五、部分部分はすこぶる平明。しかし一句丸ごとでどんな意味かと問われると、明快には言えない、という句である。

誰が何処に人参を並べるのか。誰かに言っているのか、独言なのか。何が「分かる」のか。つまりこの句は、クエスチョンマークをごろりと放りだしたような句である、と位置づけて、いったんは頭の片隅に置いておく。すると或るとき、「おけば」が、「みれば」だったら違う意味になるなと気づく。「おけば」だから、一句の中で時間が想定されているのだ。あるときは、人参が大根だったらと、思ってみる。そんなことを考えるのは、鴇田の師の今井杏太郎と大根畑に行った思い出が私にはあるからだが（一六一頁参照）、精神科医の杏太郎ならどんな解釈をするだろう。

意味の掴めない言葉は、使い途のわからないモノのようなもので、美術では時々そういうオブジェがある。馬鈴薯にも隕石にも心臓にも見えないように鉄の塊を形成する人のように、鴇田も、意味という意味からいかに逃れて言葉を使うかを試みたのかもしれない。

しかし意味のわからない俳句ならば無数にあって、ほとんど記憶に残らない。なぜこの句は大勢の人の心に棲みつくのか。意味よりも、そちらの方が興味深い不思議な句である。

## あたたかなたぶららさなり雨のふる

小津夜景《おづやけい》（昭和四八年〜）

『フラワーズ・カンフー』（平成二八年）所収。「たぶららさ」の意味を、初見のとき私は知らなかったが、それでもこの句はすっと胸に入ってきて棲みついた。「雨」の他すべて平仮名なので、一連の文字が繋がって見え、意味を無視して読めば、「かなた」「なた」「たぶ」「ぶら」など、どうにでも見える。そこに「たた」と「らら」が挟まれると、まるで呪文。最後の「ふる」もあえかである。「タブララサ」をカタカナにせず、「雨が」と濁音を入れなかったことの繊細な効果である。

しかし呪文に酔いながらも、「あたたかな」と「雨のふる」の意味は自明なのだから、やはり間にサンドイッチされた「たぶららさ」の意味を知らないわけにはいかない。調べると、「タブラ」は字を書く石板。「ラサ」は、文字が拭き去られた状態。哲学用語だから、心の状態の比喩である。意味がわかっても、依然として捉えどころの無い言葉。しかし「あたたかな」が、抽象的なタブララサに手触りを与え、下五が状景を確かなものにしている。彼女はぼんやりと、心を空っぽにして、あるいは真新《まつさら》にして雨を見ているのだ。

正岡子規の〈あたゝかな雨がふるなり枯葎〉を読者に思い出させるのも、意識的だろう。パロディーでも本歌取りでもないこの寄り添い方を、子規も楽しむにちがいない。

## 三回で大なわとびの音になる　遠音《とおね》（昭和四八年〜）

大縄跳びの縄は長いので、回し始めは縄が撓んでうまく回らない。数回まわすうちに、遠心力が付き、両端を持つ二人の息も合い、縄が地面を打つピシッピシッという音がするようになる。その一瞬の音を捉えることで、読者の同じ体験を呼び覚まし、撓んでいる縄の重たい手応えや、リズミカルに回り始める快感、縄に飛び込むときの緊張感などが生々しくよみがえる。省略のきいた一句を入口にして、その奥に賑やかに遊ぶ子供たちの世界が広がる、俳句の特質がよく生きた句である。

この作品は令和二年一月二十六日のＮＨＫ全国俳句大会の大賞となった。ここに大会の日にちまで記すのは、その後あっという間に新型コロナウイルスの蔓延が起こり、世界が激変してしまったからである。あれは、ぎりぎりの平穏な日だった。

当日、私が評したもう一句は、ペンネームあいだほ氏の〈あの茂みに届いたらホームランな〉という口語俳句であった。偶然どちらも子供の遊びを詠んでいるので、「子供の遊ぶ賑やかな声のする世の中がいつまでも続きますように」とコメントしたのだったが、それは直ぐに外出自粛や休校で叶わなくなった。もちろん子供の賑やかな声は必ず戻ってくる。その時の世界がどのようなものであるか、まだ誰にもわからない。

# また美術館行かうまた蝶と蝶

佐藤文香《さとうあやか》（昭和六〇年〜）

『君に目があり見開かれ』（平成二六年）所収。発想とリズムは全く俳句的ではないにもかかわらず、どこから見ても正真正銘俳句、という句である。

十音＋七音の取り合わせ、二フレーズが「また」で頭韻を踏み、「蝶」も二つ。それら複数の要素がすべて対を成していて、それ自体が恋のようだ。平仮名と漢字表記のバランスが良く、旧かな「かう」が、散文的になりすぎないように重石となっている。

それら技術的なことを前提として、なによりも現代的なのは、この句の持つ「せつなさ」である。「美術館に」の「に」を抜くのは口語として普通だとしても、「また」を畳みかけたことで、リズムに切迫感が生じている。そのため、「また美術館行かう」が、単なるストレートな誘いではなく、失恋の陰影を帯びて読めるのだ。喜怒哀楽から微妙に逸れた「せつなさ」「むなしさ」は、これまで案外俳句になっていない。文香世代が俳句に持ち込んだ文体が、新しい酒を入れる新しい革袋として、時代の気分を抱き込んでいる。

作者は松山東高校時代に〈夕立の一粒源氏物語〉で俳句甲子園の最優秀賞を受けている。前年の最優秀賞の神野紗希は同校の先輩。松山東高校には他にも、正岡子規・河東碧梧桐・松根東洋城・高浜虚子・中村草田男・石田波郷ら、大勢の俳句の先輩がいる。

## 小瑠璃飛ぶ選ばなかつた人生に

野口《のぐち》る理《り》（昭和六一年〜）

『しやりり』（平成二五年）所収。名前が「る理」なのだから、「小瑠璃」は当然作者の分身である。「小」は、若かった頃の、というほどの意味だろう。

選んだ人生と、選ばなかった人生があるとすれば、パラレルワールドなのだから、過去を振り返った句ではないはずだが、この句には小瑠璃である自分を振り返っているようなニュアンスがある。人生の分岐点に居たもう一人の自分は、いつまでも幼いのである。

この感覚にまさに女性らしい屈折を感じるのは、結婚を連想するからだ。結婚は男性にとっても一大事のはずではあるが、姓が変わることもあって、現実には結婚が女性の人生に及ぼす影響はとても大きい。作者は、或る人生を選ばなかった。つまり、自分が自分のままでいられる人生を、結果的にいま歩んでいるからこの句を詠んだ、ということだろう。女性の俳人は、結婚後も旧姓で活動することが多い。幸不幸とはまた別のことではあるけれども、人生に二つの名前を持つのも、悪くない。

ところで本書には、〈わたくしは辵《しんにゅう》に首萱野を分け　澁谷道〉の項に、女性が自分の名前を詠んだ句を全部で七句挙げている。そのすべてに「我」「わたくし」などの一人称が入っていることにこのたび初めて気がついた。時代、だろうか。

## 歩き出す仔猫あらゆる知へ向けて

福田若之《ふくだわかゆき》（平成三年〜）

『自生地』（平成二九年）所収。言葉も内容も一見平明。ところがいざ書こうとすると、鑑賞が単一でないことに気づく。仔猫は生まれて初めて覚束ない足取りで歩き始めたところなのか。それとも好奇心に促されて、初めて母から離れたのか。あるいは、途方に暮れていた迷い猫が、空腹のあまり歩き出したのか。さりげない上五が、多様な読みの鍵となる。

「歩き出す」は「一歩踏み出す」というニュアンスで使われている。言うまでもなく仔猫の踏み出す一歩は人間の子供よりずっと状況の影響を受けやすい。そこにこの句の哀れと輝きが生じてもいるだろう。

一句の核は「あらゆる知」である。「知」とは、生きてゆくための本能と経験と知恵。どこで水が飲めるか、どんな人間なら近づいてよいか、鴉を怖れよ、等々。恐い目に遭いながら、仔猫は生きのびる術を一から身につけてゆく。「あらゆる」は、この世界が仔猫にとってどれほど広大かを思わせるだけでなく、全方位へ向けて可能性の広がるような豊かな印象を与える。

さらに八音＋九音の二フレーズが「ア」の頭韻を踏んでいることも、肯定的な明るさの源である。どんな一生が待っていようと、仔猫は顔を上げて最初の一歩を踏み出すのだ。作者は本書で初めての平成生まれ。俳句甲子園のＯＢである。

# 初版後記

　鑑賞した二百十八句はすべて、私が日常折に触れて思い浮かべ、口ずさみ、愛してきた句ばかりである。書きながら、好みの偏りや、目配りの範囲の狭さをたびたび意識したが、新たに句集などを渉猟することはせず、私の頭にすでにあった句だけを選んだ。したがって現代の秀句というなら当然収録するべき多くの俳人の作品が漏れているし、頭の中にももっともっとたくさんの俳句が残っている。できることならさらに書き続けたいが、当初の予定の枚数で切り上げる次第である。

　現代の俳句の状況は、いうまでもなくとても多様であり、一人の鑑賞者ですべての傾向をカバーしきれるものではない。このような本がいろいろな人によって書かれてはじめて、全体の展望が開けるというものであるだろう。

　愛唱することと、鑑賞を書くこととの間には、たとえば一個の林檎を眺めることと、食べることほどの違いがある。書きながら、どんどん一句の世界へ引き込まれてゆく喜びを、この一年の間、何度味わったことだろう。優れた句は、一句の中に実世界と同様の奥行きを持って、どこまでも鑑賞者の侵入を受け入れてくれる。

それは一つの俳句に、自分を投影することでもある。鑑賞は、私の鑑賞であって、読者が受ける印象とは違っているかもしれない。それもまた楽しいこととしたい。

ひとつの例として、本書の担当編集者佐藤行子さんとの間にも面白いやりとりがあった。

枢出るとき風景に橋かかる　　橋閒石

という句についてである。

佐藤さんは橋閒石の句にとても引かれたらしかったが、この句については正木さんと受け取り方が違いましたと言う。この項を読んでいただくとわかるように、私は「橋」を現実に川に架かる橋として、それが幻のように不確かなものとして描かれているのだと書いている。ところが佐藤さんは、柩そのものが橋なのではないかと言うのだ。

比喩的には私も、柩をこの世とあの世とに架かる橋のようなものだと書いているが、佐藤さんはもっと視覚的に、家の外に出た柩を、風景に架かる橋と見たのである。

私は目からうろこが落ちる思いであった。もしかして自分だけがこの句をそういうふうに読まなかったのかもしれないと思い、念のため橋閒石の弟子である友人に聞いてみたが、友人の読みも私と同じであり、佐藤さんのようには読んでいなかったという。そして友人もまた、佐藤さんの鑑賞が最も作者の意図に叶っているのではないかと言うのである。

私はその項を書き直そうかと思ったが止めた。こうして後記に書けばよい。俳句に間違った鑑賞などめったにないのだから、最初に書いた鑑賞はそれでいい。それより編集者が直感的に感じたことが、閒石の弟子よりも私のような長年のファンよりも鋭く、一句を読み解くという事実に、俳句という文芸の豊かさを思ったのである。

本書の依頼を受けたのは平成十二年の六月であった。今これを書いているのは平成十四年二月である。この間、世界は大きく情勢を変えた。ニューヨーク世界貿易センターに飛行機の突っ込むあのショッキングな映像以来、世界はまた平和とは反対の方向に進んでいる。

こんなときに詩歌に何ができるのか、考えると心もとないが、しかしこれだけは言える。良きエネルギーだけが良き結果を生む。良きものはどんなに小さいエネルギーであろうと、良き結果に加担する、と。

詩歌は非力ではあるが、どんなときにも良きものであるし、良きものでなければならない。一句一句に籠められた作者の良きエネルギーが、私の拙い筆に煩わされることなく、そのまま読者に伝わるよう祈るばかりである。

正木ゆう子

平成十四年二月四日　立春の日に

# 増補版後記

秋分のころ南へ渡って行く鷹たちを、今年も長野県の白樺峠で見送ってきた。一年でいちばん楽しみなこの小旅行が済むと、いよいよ本格的な秋である。

初版の後記の日付が平成十四年の立春。今は平成二十四年の秋彼岸なので、初版の刊行からおよそ十年半の月日が過ぎたことになる。

その間、春秋社には度々増刷していただいていたが、十年の節目を迎えるにあたって、十八句を書き加え、装幀も新しく且つ軽装にして再出発することとなった。

十八句は、初版のときから収録しようと思っていた作者や、その後登場してきた若い人たち、この間に鬼籍に入ってしまわれた方たちの句である。

初版のときにもそうであったように、広くは知られていないごく個人的な知人の句も選んだ。彼は田島風亜といい、句集を編みながら、出来上がりを見ることなく、昨年十二月に五十五歳で亡くなった。句集はすばらしい内容で、マスコミにも取り上げられたが、彼は自分の生み出したものの成果を全く見ていない。死後の栄誉が死者にとってどのようなものか、私にはわからないが、俳句にはそういう一面がある。そして謙虚さゆえに生前には日の目を見ないということを、私はどこか気高いことのように思っているふしがある。

初版の出た平成十四年（二〇〇二年）といえば、その前年の九月十一日にニューヨーク世界貿易センタービルに飛行機が突っ込むという事件が起こったばかり。戦争の世紀と言われた二十世紀が終わり、新たな二十一世紀を迎えた直後の世界を、すぐにまた争いのニュースが駆けめぐっていた。

そして、九・一一から十年後の昨年平成二十三年三月十一日、東日本大震災が発生した。さらに地震と地震が引き起こした津波によって、福島第一原子力発電所がメルトダウンした。津波によって東北沿岸が受けた甚大な被害は簡単に回復できるものではなく、原発事故はまたそれとは違った意味で、重大な問題を引き起こし続けている。

地震・津波と原発事故は関連して起こったが、二つのことを同じ言葉で語ることはできない。力を合わせ時間をかけて乗り越えるべき地震・津波という自然災害と違って、原発事故は現代社会に生きている限りは誰にも責任があるのであり、私たちの生き方を根底から一瞬も休まず問い続けている。

そうした世にあって、俳句という言葉を発し続けることの意味を、今はどう語っていいのかわからない。ただ、言葉は自ずと生まれるのである。人がいるかぎり言葉は在り、湧き続ける。泉のように。俳句も変容するだろう。変容はいま始まったばかりである。

平成二十四年　秋彼岸

正木ゆう子

# 新・増補版後記

『日本秀句』全十巻の復刊にともない、別巻として書き下ろした本書が、十八年の時を経て、「新・増補版」として再版されることになった。八年前にも一度「増補版」が出ているので、これで三度目の出発ということになる。

今回は「日本秀句別巻」という呼称が外されるそうで、それほど長い時が過ぎたことに感慨を覚えるとともに、重厚な十巻から離れることに、思いがけなく奇妙な寂しさを感じてもいる。

刊行のたびに書く後記も、これで三度目。一本にまとめようかとも思ったが、後記を書く度に大きな出来事が起こっており、その時々の生々しい思いを残しておくのも記録になるかと、前の二篇もそのまま残すことにした。

初版刊行の前年には、ニューヨークの世界貿易センタービルに飛行機が突入するという九・一一事件が起こり、増補版刊行の前年には東日本大震災と原発事故が起こった。そしてこれを書いている今は、世界中が新型コロナウイルスによる感染拡大のさ中にある。

戦争でもなく、自然災害でもない、目に見えない小さなウイルスによる感染症は、あっという間に私たちの生活を一変させた。

この感染拡大で特筆すべきは、地球上の何処にいようと、誰であろうと、例外なくすべての人間が危険にさらされていることだろう。そういう意味では、私たちは初めて国境と人種を超えて同じ思いを共有しているとも言えるし、自然災害も疫病も乗り越えて命を繋いできた千年前の人々にも、初めて思いを重ねることが出来ているのかもしれない。

増補版のときと同じく、今回も新たに十八句を加えた。このたびも広く渉猟することはせず、すでに頭の中にあった俳句から、思いつくままに書き始め、十八句になったところで止めた。この間、新聞や様々な俳句大会で選句をする機会が多かったので、その中で深く印象に残った句も収録している。

今や俳句は、専門俳人による作品ばかりでなく、投句という形でも多くの佳什が生み出されており、この傾向はこれからも続くだろう。新型ウイルスによる自粛生活の中で、新聞などの投句の数は確実に増えている。

初版からの十八年間を振り返り、お世話になった春秋社の方々に感謝します。緊急事態の春から夏へかけて、テレワークをものともせず奮闘してくれた担当編集者の手島朋子さんにもありがとう！

そして長い間、細々とではありますが、本書を読んでくださる読者が途切れなかったことも嬉しく、今回はじめて手に取ってくださったお一人お一人に、心からの感謝を捧げます。

令和二年八月十八日

正木ゆう子

# 作者索引

一、本書に収録された句の作者を五十音順に配列した。
一、鑑賞の中で挙げられた句の頁数を細ゴシック体で示した。

**正木ゆう子**（まさき・ゆうこ）本名・笠原ゆう子
1952年（昭和27）熊本市生まれ。お茶の水女子大学卒業。1973年より能村登四郎に師事。句集に『水晶体』（私家版）、『悠 HARUKA』（富士見書房）、『静かな水』、『夏至』、『羽羽』（以上春秋社）がある。俳論集『起きて、立って、服を着ること』（深夜叢書社）で第14回俳人協会評論賞受賞、句集『静かな水』で第53回芸術選奨文部科学大臣賞受賞、句集『羽羽』で第51回蛇笏賞受賞、2019年紫綬褒章受章。ほかに『十七音の履歴書』、『ゆうきりんりん』、『一句悠々』、『猫のためいき鵜の寝言 十七音の内と外』（以上春秋社）など。現在、読売俳壇選者、熊本日日新聞俳壇選者、南日本新聞俳壇選者。

# 現代秀句 新・増補版

二〇〇二年 三 月二一日 初　　版第一刷発行
二〇一二年一一月二五日 増　補　版第一刷発行
二〇二〇年一〇月　八　日 新・増補版第一刷発行
二〇二一年 三 月三〇日 第二刷発行

著　者　正木ゆう子
発行者　神田　明
発行所　株式会社春秋社
東京都千代田区外神田二－一八－六
郵便番号一〇一－〇〇二一
電話（〇三）三二五五－九六一一（営業）
三二五五－九六一四（編集）
振替〇〇一八〇－六－二四八六一
https://www.shunjusha.co.jp/
印刷所　萩原印刷株式会社
装　幀　伊藤滋章

ISBN978-4-393-43452-9
定価はカバー等に表示してあります